마지막 마법사

마지막 마법사

해도연 장편소설

CONTENTS

◆ 2108년 12월 25일 ◆

◆

하늘과 모래 언덕이 만나는 곳에서 용이 솟아오른다. 용이 금빛 날개를 퍼덕이자, 빛나는 모래비가 쏟아진다. 용은 포효하며 더 높게 솟아오르더니 태양을 가리며 멈춘다. 용은 다시 한 번 포효한다. 군대를 부른다.

군대는 먼지를 일으키며 요란스럽게 모습을 드러낸다. 전차들은 사구를 찢으며 달리기 시작하고, 작은 전투기들이 곧이어 하늘을 가른다. 총과 칼을 들고 온갖 기계를 짊어진 보병들은 전차가 만들어 준 길을 따라 걷는다. 그들의 얼굴에는 이번에야말로 전쟁을 끝내겠다는 결의가 가득하다.

용은 단단하게 마른 땅 위에 세워진 요새를 하늘 위에서 노려본다. 목표를 다시금 확인하고 있다. 용은 요새를 향해 빠르게 낙하하며 입을 크게 벌린다. 새파란 불길이 용의 입에서 요새를 향해 뻗어 나간다. 요새가 있던 곳은 순식간에 화염으로 뒤덮인다. 곧 전투기들이 용의 뒤를 따라 미사일을 그 위로 쏟아낸다. 미사일이 떨어지자 붉게 빛나는 동심원이 주변으로 퍼져나가더니 불길이 완전히 사라진다. 요새가 있던 곳은 공간을 통째로 파낸 것처럼 검게 텅 비어 버렸다. 곧 도착한 전차에서 투박한 헬멧을 쓴 군인 한 명이 내려 검은 구덩이 옆에 선다. 전선이 가득한 헬멧 옆면의 스위치를 누르자 헬멧의 고글이 주황색으로 빛나기 시작한다. 그러고는 구덩이 안을 구석구석 살핀다. 탐색이 끝나자 그는 태양을 가르며 날고 있는 용을 바라보며 고개를 젓는다.

용이 불만에 찬 괴성을 지른다. 요새는 미끼에 불과했다. 용은 더 높이 날아오른다. 모래와 자갈의 바다를 노려보며 어딘가에 숨어 있을 마법사의 흔적을 찾는다. 오래 걸리지는 않을 것이다. 용은 다시 한 번, 하지만 더 많은 곳을 녹이고 불태운다.

자신의 화염이 무언가에 가로막히는 곳을 발견하자 용은 눈을 부릅뜨고 그 보이지 않는 벽을 바라본다. 마법사의 흔적이다. 용의 금빛 몸이 더욱 밝게 빛나기 시작한다. 더 큰 공격을 준비하고 있다. 짧은 시간에 모든 걸 끝

내려고 한다. 용에게 남은 시간도 그리 길지는 않으니까.

　이곳은 원래 용과 마법사의 세계가 아니었다. 100년 전, 이 세상에 일어난 한 사건이 모든 것을 바꾸어 놓았다. 이 세상의 것이 아닌 존재가 이곳에 나타났다. 지금의 세계는 이세계가 구세계를 뒤덮은 결과이다. 하지만 용과 마법사 모두 이곳에 있어서는 안 된다. 이제 모든 것을 되돌릴 때가 왔다.

　이것은 과거의 이야기다. 두 세계의 경계선에 세상의 천이(遷移)를 목격한 사람의 이야기다.

◆ 2008년 12월 25일 ◆

크리스마스

◆

해가 지기 직전의 크리스마스 저녁, 세나는 남자 친구
와 함께 광화문 광장을 걸었다. 사람들로 북적거렸고 주
변 길과 골목에서 캐롤이 흘러나왔다. 해가 건물들 사이
로 사라지자 광장과 길거리 곳곳에 숨어 있던 크리스마
스 전구들이 모습을 드러냈다. 저녁 어둠을 무대로 오늘
을 상징하는 알록달록한 불빛들이 아기자기하게, 그리고
대담하게 반짝거렸다. 세나는 자신이 언젠가 되돌아보고
싶어질 추억의 무대에 서 있다는 느낌이 들었다. 그래서
일부러 천천히 걸었다. 지금 이 시간이 좀 더 느긋하게
흐르기를 바라면서. 그러다가 저녁을 기다렸다는 듯 함
박눈이 쏟아지기 시작하자, 세나는 이젠 시간 자체가 멈
췄으면 하고 다시금 바랐다.

흩날리는 함박눈 사이로 집채만 한 크리스마스트리가 보이기 시작하자 세나는 장갑을 벗고 남자 친구의 손을 꼭 붙잡았다. 두 사람은 발걸음을 맞춰 걸었다. 트리를 향해 한 걸음씩 걸어갈 때마다 쌓인 눈이 뽀드득거렸다.

세나는 트리가 멀리서 보던 것보다 훨씬 크다는 것을 알고는 놀랐다. 너무 가까이 가면 꼭대기에 달린 커다란 별이 보이지 않을 정도였다. 트리의 가지 사이사이에 새하얀 솜이 장식되어 있었지만, 그 위로 진짜 눈이 소복이 쌓여 있었다.

아무도 오늘 서울에 이렇게 많은 눈이 내리리라고는 예상하지 못했다. 지구온난화에 대해서는 학교에서 지겹도록 들었기 때문에, 세나는 진눈깨비라도 볼 수 있기를 기대했었다. 그런데 해가 지자마자 마치 기적처럼 영화에서나 봤던 함박눈이 내리기 시작했으니, 세나는 감동과 놀라움을 감출 수 없었다. 세나는 오늘의 모든 순간을 기억하기로 마음먹었다. 이보다 더 완벽한 크리스마스는 다시 오지 않을 거라 생각했다.

"머리에 눈 쌓인 것 좀 봐."

남자 친구가 세나의 머리 위에 쌓인 눈을 털어 주며 말했다. 세나는 그렇게 남자 친구가 머리를 쓰다듬어 주는 게 좋았다. 남자 친구는 세나보다 한 살 어렸고 그래서 항상 지지 않으려고 했지만, 이럴 때만큼은 세나가 어리광을 부리고 싶어졌다.

두 사람은 서로의 교복을 덮은 눈을 털어 줬다. 교복을 입고 만나자고 한 건 세나였다. 세나는 중학교 교복이 마음에 들었지만, 내년이면 입지 못하기 때문이었다. 고등학교 교복은 디자인이 형편없었다. 마음에 드는 교복을 입고 크리스마스 데이트를 할 마지막 기회였다.

"이쪽으로 와 봐."

남자 친구가 세나의 어깨를 잡고는 세나가 트리를 마주하도록 세웠다. 남자 친구는 세나와 트리 사이에 서서 세나의 눈을 지긋이 바라봤다. 남자 친구는 언제나 세나의 밝은 갈색 눈동자가 예쁘다고 했다.

오늘도 그런 거겠지. 세나는 그렇게 생각했다.

"세나 눈에 크리스마스트리가 반짝이고 있어."

남자 친구가 웃으며 말했다. 남자 친구는 세나의 눈동자에 비친 크리스마스트리 불빛을 보고 있었다. 남자 친구가 세나의 얼굴을 두 손으로 감쌌다. 두 사람의 얼굴이 가까워졌다. 남자 친구의 시선은 세나의 왼쪽 눈동자에 고정되어 있었다.

세나의 가슴이 뛰기 시작했다. 지금까지 수많은 첫키스 상황을 상상해 왔지만, 지금보다 더 완벽하지는 않았다. 둘 사이에서 남자 친구와 자신의 숨결이 교차하며 섞이는 걸 느낄 수 있었다. 세나는 숨을 참아야 할까, 눈을 감아야 할까 고민했다. 이제 체온이 느껴질 만큼 가까워졌다.

그 별은 아무런 전조도 없이 나타났다. 너무 눈이 부셔서 세나의 표정이 일그러졌다. 남자 친구도 주변이 갑자기 밝아진 것을 알고는 빛을 향해 돌아봤다. 크리스마스 트리 위로 지금까지 본 적 없는 별이 빛나고 있었다. 하지만 그게 별이 아니라는 것도 분명했다.

"오, 주여…."

트리 옆에서 성금을 모으던 젊은 여자가 무릎을 꿇으며 말했다. 여자의 눈에서 눈물이 흘러내리자 세나는 좋지 않은 예감이 들었다. 모든 사람이 발걸음을 멈추고 별을 향해 손가락을 뻗으며 수군거리고 흥분했다. 별은 점점 밝아지더니 이제 길바닥에 선명한 그림자가 나타나기 시작했다.

"예수께서 재림하신다!"

광장 구석에서 갑자기 튀어나온 중년 남자가 소리쳤

다. 그는 손으로 쓴 글씨가 잔뜩 적힌 판자를 몸의 앞뒤로 걸고 있었다. 앞면에는 요한계시록 인용문이, 뒷면에는 서울은 이미 새 대통령이 신에게 봉헌했으니 행정 수도 이전은 신성모독이라는 말이 적혀 있었다. 세나도 예전에 몇 번 본 적 있는 흔하디 흔한 광신도였다. 적어도 세나는 그렇게 생각했다.

남자는 몸에 걸치고 있던 스피커의 볼륨을 최대로 올리며 말했다.

"베들레헴의 별이 나타났습니다! 예수께서 우리를 심판하러 오십니다! 여러분, 이제 마지막 기회입니다! 회개하십시오!"

남자는 거의 울고 있었다. 드디어 자기 말이 증명되었다는 기쁨에 감정을 주체하지 못하는 듯했다. 하지만 사람들은 아무도 그의 말을 듣고 있지 않았다.

너무 눈이 부셔서 별을 직접 바라볼 수 없었기에 세나는 대신 그림자를 살폈다. 그림자가 천천히 길어지고 있었다. 별이 낮아지고 있다는 것이었다. 그것도 생각보다 가까운 곳에서. 세나는 남자 친구의 옷을 잡아당겼다. 남자 친구는 지켜 주겠다는 것처럼 양팔로 세나의 등을 감쌌다. 심장이 빨리 뛰기 시작했다. 무서웠다. 이런 이유로 가슴이 뛰길 바라지는 않았는데.

"어, 별이… 떨어지고 있어!"

누군가가 말했다.

"미사일 아니야?"

다른 누군가가 말했다. 사람들은 미사일이라는 말에 아주 잠깐 동안 상황을 다시 분석하고는 곧 소리를 지르며 빛의 반대편으로 달라기 시작했다. 예수 재림을 부르짖던 남자도 판자를 집어 던지고 달렸다.

남자 친구의 허리를 꼭 붙잡으며 세나는 생각했다.

우리도 달려야 하는 걸까.

◆ 2023년 12월 25일 ◆

크리스마스

◆

「…가람시 그라운드제로 공원은 지금 15년 전의 재앙을 다시 기억하고 희생자들을 애도하는 사람들로 북적이고 있습니다. 그날처럼 새하얀 눈이 휘날리는 가운데, 꼭대기에 별이 달리지 않은 작은 크리스마스트리를 든 사람들이 그라운드제로 타워를 둘러싸고 입 맞춰 노래를 부르고 있는데요….」

"다른 걸로 바꿔."

세나가 스웨터를 입으며 말했다. "어느 동영상을 보시겠어요?"라며 텔레비전 앞에 놓인 스피커가 물었지만, 세나는 대답하지 않았다. 스피커는 구독 중인 다른 뉴스 채널의 최근 동영상을 틀었다.

「…경찰은 지난 11월의 광화문역 사건 그리고 가로수길 사건과의 연관성을 검토하고 있다고 발표했습니다.

동일범에 의한 연쇄살인으로 보고 있는지에 대해서는 언급이 없었습니다. 일부 인터넷 커뮤니티에서는 이번 달 초에 발생한 연쇄 실종 사건과도 연관이 있다는 주장이 제기되고 있는 가운데, 올 4월 은퇴 후 대중에게서 모습을 감춘 배우 유한 씨 역시 일련의 사건과 관련되어 있다는 주장이 나오면서….」

세나는 텔레비전 앞을 지나가며 전원을 껐다. 이른 아침의 정적을 지우기 위해 틀어 놓은 것뿐이었고, 그 역할은 모두 끝났다.

얇지만 방한 기능은 충분한 코트를 입은 세나는 거울 앞에서 옷매를 다듬었다. 손목 시계가 가볍게 진동했다. 7시 30분. 나갈 시간이다. 세나는 태블릿과 스마트폰, 휴대용 키보드, 수첩, 펜 몇 자루를 코트 주머니에 대충 쑤셔 넣고 방을 나섰다.

골목길에는 하얀 눈이 소복하게 쌓여 있었지만, 세나의 발걸음은 눈이 없는 곳, 이미 많은 사람이 지나가서 축축한 바닥이 드러난 곳을 따라갔다. 질척거리는 발소리가 자동차 경적으로 뒤덮일 때 즈음, 골목 끝에 멈춰 있는 노란색 자동차가 세나의 눈에 들어왔다. 택시였다. 세나를 기다리고 있었다.

"천만에요, 얼마 안 기다렸어요."

운전석에 앉은 젊은 남자가 장난끼 어린 목소리로 세나에게 인사를 보냈다. 세나는 담담한 표정으로 조수석에 올라탔다. 세나는 남자의 얼굴을 봤다. 동서양의 얼굴 특징을 골고루 가지고 있고 눈웃음이 잘 어울리는 미남이었다. 세나는 몸을 기울여 남자에게 가볍게 키스했다.

"항상 가던 곳에 내려 줘. 오늘은 할 게 많아."

"목적지 접수했습니다."

노란 택시가 출발했다. 전기 모터가 돌아가는 소리는 바퀴의 마찰음에 완전히 묻힐 만큼 작았다. 도로를 달리는 차도 적었다. 빠르게 달리는 조용한 밀실 속에서, 세나는 눈을 감고 긴장을 풀었다. 오늘 할 일에 집중하기 위해서 집중력을 낭비하고 싶지 않았다.

"저기, 누나, 있잖아…."

"주하야."

"어, 응?"

"내가 반말하면 죽인다고 했지?"

만난 지 3년, 동거인 신고를 마친 지도 1년이 지났지만, 여전히 세나는 주하의 반말을 허락하지 않았다.

"…미안해요."

주하는 잠시 입모양을 일그러뜨리며 불만스러운 표정을 지었지만, 금세 원래의 표정으로 돌아왔다. 오늘의 세나가 평소와 다름없다는 뜻이기도 했기 때문이었다. 크리스마스를 함께 보내는 건 이번이 처음이었고, 세나가 작년까지도 이날만큼은 피했기에 조금 걱정을 했다 보니 오히려 마음이 놓였다. 하지만 방심하기엔 아직 일렀다.

"근데 굳이 오늘도 일을 해야 해요? 누나는….."

"다 옛날 일이야. 걱정하지 마."

세나는 지금 말을 하고 싶지 않았고, 주하는 그걸 금방 읽을 수 있었다. 목적지에 도착하기까지 20분 동안, 두 사람은 아무 말도 하지 않았다. 주하의 운전은 훌륭했고, 세나는 아무런 방해 없이 머릿속을 비울 수 있었다.

주하의 택시는 프랜차이즈 카페 앞에서 멈췄다. 세나는 여전히 눈을 감고 의자에 몸을 기대고 있었다. 잠든 건 아닐까, 주하는 세나의 어깨를 가볍게 손을 얹었다. 세나는 천천히 눈을 뜨고 어깨 위에 있던 주하의 손을 잡았다.

"고마워."

"행사 기간이라서 요금은 무료입니다."

세나는 가볍게 피식거리며 차 문의 손잡이를 당겼다.

딸깍하는 소리가 들릴 때, 세나는 몸을 다시 주하를 향해 돌렸다. 양손으로 그의 얼굴을 붙잡고는 키스를 했다. 이번엔 결코 가볍지 않았다. 세나의 거친 숨이 주하의 얼굴 위로 흘러내렸다.

"걱정해 주는 건 고마운데, 난 정말 괜찮아. 네가 걱정하면 괜히 내가 미안해지기도 하고."

주하는 아무 말도 하지 않았다. 그저 웃었다.

"저녁에 봐."

세나는 손가락으로 주하의 콧등을 튕기고는 차문을 열고 내렸다. 주하는 세나가 뒤도 돌아보지 않고 카페로 들어가는 것을 확인하고는 가속 페달을 밟았다. 노란 택시는 회색 건물들 사이로 스며들며 조용히 사라졌다.

세나가 카페 카운터에 서자마자 종업원 한 명이 세나를 알아보고 방금 내린 핸드드립 커피와 포장된 샌드위치를 내밀었다. 세나는 작은 목소리로 감사를 전하고 커피와 샌드위치를 받아들고는 카페 구석 자리에 앉았다. 샌드위치를 받침대 삼아 스마트폰을 세우고 마감 일정이 적힌 메모를 열었다. 그 옆으로는 태블릿과 키보드를 펼쳤다. 기사 초고를 쓸 시간이다.

세나는 2년째 가람시의 지역 언론사에서 일하고 있었

다. 지역 신문 따위 읽는 사람이 있을 것 같지도 않았지만, 의외로 수요가 있었다. 가람시의 재개발이 막바지에 이르면서 돈과 권력의 흐름에 변화가 생기기 시작하자, 지역 신문만이 가질 수 있는 정보력에 사람들이 주목했기 때문이었다.

지금 세나가 주목하고 있는 건 가람개발특구에 대한 세금 정책의 변화였다. 한때 종로구로 불렸고, 15년 전 재앙의 중심지였던 곳에 세워진 가람시는 세계의 관심에 부응하기 위해 여러 가지 특별 대우를 받았다. 그중에 가람시에서 징수되는 모든 소득세는 가람시만을 위해 사용한다는 내용이 있었는데, 이는 결국 구도심 거주자들이 가람시에 반감을 품는 계기가 되었다. 가람시는 관광과 사업을 위해 몰려든 유동 인구로 넘치는데, 거기서 나온 세금으로 현지 주민들만 혜택을 본다는 것에 대한 불만이 쏟아졌다.

세나는 문득 '구도심'이라는 단어를 썼다는 걸 알고 머리를 좌우로 저었다. 신입 기자 시절에 구도심이라는 말을 기사에 넣었다가 독자 항의가 쏟아져 해고 직전까지 간 적이 있었다. 일부러 그 단어를 걸러 내지 않은 게 분명한 당시 편집장이 세나를 대신해 사표를 내고 떠났다. 항의를 한 건 가람시 독자가 아니었다는 게 나중에 드러났지만 이미 상황은 어떻게든 정리된 뒤였다.

한때 서울의 번화가를 자처했던 지역의 주민들은 아직 과거의 영광을 잊지 못하고 있었다. 13년 전 행정 수도에 이어 정치 수도의 지위마저도 빼앗긴 뒤로 그 지역 주민의 분노는 특혜 속에서 급성장하는 가람시를 향해 쏟아졌다. 그들은 여전히 수도 서울이라는 이름을 고집했다. '구도심'이라는 말을 가람시 바깥에서 사용했다가는 무슨 말을 들을지 알 수 없었다.

재개발 정책의 끝을 앞두고, 아마 가람시와 구도심 서울의 다양한 이익 단체 그리고 정치가들이 충돌을 일으킬 것이다. 세나는 그렇게 생각하고 당분간 쓸 기사의 방향을 정해 나갔다.

초고를 한 단락 정도 썼을 즈음, 아기 울음소리가 들렸다. 건너편 자리에서 젊은 부부가 돌이 막 지난 것 같은 아기를 달래기 위해 애를 쓰고 있었다. 세나는 아기가 아기띠에 매달린 채 짧은 팔다리를 아기자기하게 움직이는 모습을 웃으며 넋놓고 바라봤다. 아기 엄마가 자그만 빵 조각을 손에 들려 주자 아기는 울음을 멈췄다. 그제야 세나는 자기가 일하는 중이었다는 걸 다시 떠올리고 커피

잔을 입에 가져갔다. 하지만 이미 모두 마신 뒤였다.

커피를 새로 주문할까 고민하고 있을 때 갑자기 주변 공기가 무거워졌다. 난방이 멈춘 걸까. 세나는 스웨터를 턱밑까지 올리며 주변을 살폈다. 이른 아침부터 커피를 마시는 사람들. 조용한 재즈가 커피 냄새와 섞이는 곳.

안절부절못하며 카운터 앞에 줄을 서 있는 남자 한 명을 제외하면, 평소와 조금도 다르지 않았다. 그 남자는 무릎 아래까지 오는 롱코트를 입고 있었다. 이마에는 땀이 송골송골 맺혀 있었고, 호흡을 가다듬기 위해 억지로 입을 다물고 있다는 걸 멀리서도 알아볼 수 있었다. 남자는 주머니에서 손수건을 꺼내 땀을 닦았다.

이상한 손님이라면 자주, 그것도 다양하게 나타나지. 특히 종업원이 매력적이라면. 세나는 주문을 받고 있는 종업원을 봤다. 아직 대학도 졸업하지 못했을 것 같은 어린 여자였다. 긴 갈색 머리를 뒤로 가지런히 묶고 있었고, 카페 유니폼인 짙은 녹색 앞치마는 검은색 폴라 티셔츠와 잘 어울렸다. 일할 때의 자기 모습을 잘 이해하고, 신경 써서 관리하고 있다는 걸 알 수 있었다. 평소 모습역시 매력이 넘칠 거야, 세나는 생각했다.

하지만 당신을 위한 건 아니야. 세나는 다시 수상한 남자를 바라봤다. 역시나 남자의 시선은 종업원을 향해 있었다. 이제 곧 그 사람이 주문할 차례다. 상황은 대충 짐작이 갔다. 곧 난처한 상황에 빠지게 될 종업원이 안타까웠다.

앞사람이 진동벨을 받아 가고, 남자가 카운터 앞에 섰다. 종업원은 터치스크린을 두드리며 다음 주문을 받을 준비를 하고, 다음 손님을 바라봤다. 시선이 마주쳤다. 종업원의 얼굴색이 금세 나빠졌다.

"저기, 서희 씨, 어젠 미안했어요."

예상대로였다. 남자는 뭔가 변명을 하는 듯하더니 뜬금없이 편지를 꺼내 전달하려 했고, 종업원은 곤란해하다가 결국 매니저를 불렀다. 매니저의 표정을 보니, 남자는 이미 요주의 인물이었던 게 틀림없다.

"나가 주시죠. 이번엔 진짜 경찰 부를 겁니다."

남자는 자기보다 머리 하나 반은 더 큰 매니저와 차마 시선을 맞추지 못하고 고개를 떨궜다. 매니저 뒤에서 스마트폰을 만지작거리는 종업원을 살짝 보더니, 남자는 뒤로 돌아 걷기 시작했다.

그 새끼, 오늘도 왔어. 종업원은 아마 친구와 그런 대화를 하고 있겠지. 세나는 자기가 햄버거 가게에서 아르바

이트할 때 겪은 비슷한 일을 떠올리며 잠시 불쾌한 향수
에 빠졌다.

　남자가 발걸음을 멈췄다. 주머니에서 회색 장갑 하나
를 꺼내서 오른손에 꼈다. 장갑을 낀 손을 쥐었다 폈다
하며 작은 목소리로 중얼거렸다. 매니저는 그 모습을 보
더니 고개를 저으며 카운터 전화기를 들고 세 자리 번호
를 눌렀다.

　남자가 다시 카운터를 향해 돌아섰다. 그리고 매니저
를 향해 팔을 뻗으며 오른손을 펼쳤다.

　"여보세요, 경찰이죠? 여기….."

　남자가 주먹을 쥐었다. 새빨간 빛줄기가 구불구불 뻗
어 나가며 남자의 손에서 매니저를 향해 빠르게 나아갔
다. 붉은 빛이 목을 감싸자 매니저의 얼굴에 고통이 차올
랐다. 입에서는 신음소리가 흘러나왔다. 숨을 쉬지 못하
고 있었다.

　"네 까짓 게…."

　남자의 주먹이 천천히 돌아가자 매니저의 목도 기묘한
각도로 비틀어지기 시작했다. 뼈가 부러지는 소리가 들
리더니, 매니저의 신음소리도 멈췄다. 남자가 주먹을 다
시 펼치자, 매니저의 몸은 힘없이 바닥에 쓰러졌다.

비명.

카페에 있던 사람들이 웅성거렸다. 짐을 챙겨 밖으로 나가는 사람도 있었고, 카운터 안을 살피는 사람도 있었다. 대부분은 스마트폰을 꺼내 남자의 모습을 사진에 담고 있었다. 남자는 카메라 소리를 무시하며, 카운터로 다가갔다. 얼굴이 새파래진 종업원은 그 자리에 얼어붙어 있었다.

"내가… 내가 너 때문에….."

남자는 분노에 찬 얼굴로 종업원을 바라봤다. 다시 팔을 뻗자 이번에도 빨간 빛줄기가 남자의 장갑 손끝에서 흘러나왔다. 빛줄기의 끝은 종업원을 얼굴을 어루만졌다. 종업원은 눈물을 흘리며 꼼짝도 못 하고 있었다.

남자의 손을 따라, 빛은 여러 갈래로 나뉘며 종업원의 턱에서 목으로, 목에서 가슴으로 내려왔다. 앞치마가 흔들렸다. 종업원이 흐느끼는 소리가 커졌다.

빛이 종업원의 가슴에서 배로 내려갈 때, 남자의 시선이 종업원의 손에 있는 스마트폰에 고정되었다. 남자의 표정은 분노에서 당혹으로 바뀌었다.

"너… 내가 그냥 나가려고 했을 때 벌써 신고한 거야? 아무 짓도 안 했는데?"

세나의 위치에서 스마트폰의 화면은 보이지 않았지만, 종업원이 문자메시지로 경찰을 부른 게 분명했다. 귀를 기울여 보니 멀리서 사이렌 소리가 들리는 것 같기도 했다. 남자의 얼굴에선 당혹마저 사라졌다. 이젠 차갑게 텅 빈 표정이었다.

남자가 손목을 돌리며 천천히 손가락을 오므리기 시작했다. 종업원을 천천히 어루만지던 빛이 공격적으로 변했다. 종업원의 숨이 거칠어지기 시작했다. 호흡 곤란이었다. 옷과 살이 비틀리는 소리가 들렸다. 남자의 눈에선 분명한 살의가 흘러나왔다.

세나가 휘두른 의자가 남자의 팔을 부러뜨린 건 경찰이 들어오기 직전이었다.

◆

"일단은 기록을 남겨야 하거든요. 아까 말씀하신 거, 여기에 직접 써 주시겠어요?"

경찰이 세나에게 종이와 펜을 책상 위로 넘겨 주며 말했다. 세나는 고개를 끄덕였다. 목격자도 많고 감시카메라 영상도 있었기 때문에 경찰은 세나를 그리 귀찮게 하지 않았다. 세나는 카페에 들어가 앉은 것부터 써 내려갔다. 수상한 남자가 들어오고, 쫓겨나고, 그리고 붉은 빛을 뿜었다.

세나가 마법을 눈앞에서 본 건 처음이었다. 소문을 들은 적은 있었다. 어떻게 마법이 이 세상에 나타났는지에 대한 얘기도 많이 보고 들었다.

15년 전, 폭발의 중심지에서 발견된 신원미상의 시체. 목격자들의 말에 의하면, 아무것도 남아 있지 않은 폭심지에 그 시체만 덩그러니 놓여 있어 처음엔 아무도 접근하지 못했다. 시체는 많이 훼손되었지만, 전신을 덮은 망토 같은 로브는 멀쩡했고, 시체의 손에는 기다란 막대기가 쥐어 있었다. 누가 처음 그 시체를 '마법사'라고 불렀는지는 알려지지 않지만, 소문 속 모습을 생각하면 제법 어울리는 이름이라고 세나는 생각했다.

그리고 시체는 사라졌다. 광진구 재난대책위원회가 경찰까지 동원해 수색한 끝에 사흘 뒤 인천의 어느 폐역에서 회수했을 땐 시체의 상당 부분이 유실되어, 가슴 위의 상반신, 왼팔, 그리고 오른쪽 다리뿐이었다.

유실의 이유가 당시엔 참 어이가 없었다. 폐역에서 체

포된 밀수꾼들은 그 시체가 인간을 초월한 존재의 것이라고 홍보하며 분해한 마법사 시체를 약재로 비싸게 팔아 돈을 챙기고 있었다. 허리뼈의 가루를 먹으면 90살이라도 허리가 바로 선다거나, 위장의 껍데기를 먹고 나면 모래를 섞어 먹어도 건강 식품이 된다는 식이었다.

가장 많은 사람이 찾았지만 구할 수 없었던 건 남근이나 고환, 정관 따위의 생식기였는데, 시체를 훔친 사람들이 가장 먼저 가져갔다며 밀수꾼들도 아쉬워했다. 가짜를 파는 사기꾼들도 많았는데, 가장 많은 피해자 역시 생식기 가루를 사려는 이들이었다. 그렇게 팔린 것 대부분은 사실 마법사의 발가락뼈를 간 것이었다.

사람들은 비웃었다. 그렇게 시체를 파는 사람이 있다는 것도, 그걸 사는 사람이 있다는 것도 국가 망신이라면서. 동아시아의 미개함을 보여 준다면서.

하지만 비웃음은 오래가지 못했다. 마법사의 시체를 먹거나 가지고 있는 사람들에게 이상한 힘이 생기기 시작했다. 마법사의 엄지손가락을 목걸이로 걸고 있으면 그 사람의 말은 아무도 거역하지 못했다. 허벅지뼈로 만든 단검은 내려치는 것만으로도 건물의 벽과 바닥이 갈라졌다. 피부는 칼과 총알을 막았고, 머리카락을 손에 감싸면 무엇이든 부술 수 있었다. 사람들은 이런 능력을 마법이라고 부르기 시작했다. 시체는 정말 마법사였을지도 모른다면서. 마법사의 신체가 얼마나 많이 퍼져 있고, 얼마나 많은 마법이 가능한지는 알 수 없었다.

얼마 지나지 않아 세계 각지의 범죄자들이 모여들어 참혹한 마법 쟁탈전이 벌어졌다. 마법사의 신체가 범죄에 사용되기 시작했다. 수습을 위해 재난대책위원회는 독립적인 수사권까지 부여받았고, 조직적으로 마법 범죄자들과 맞섰다. 조직폭력패, 야쿠자, 갱들과 대립하며 신체를 회수하기까지는 다시 몇 년이 걸렸지만 그 덕분에 재난대책위원회는 독립행정기구로 성장할 수 있었다.

하지만 마법사의 신체가 완전히 회수되지는 못했고, 상당수는 여전히 밀거래되고 있었다. 경찰 말에 따르면 오늘 카페에서 문제를 일으킨 남자가 사용한 건 마법사의 오른손 피부로 만든 장갑이었다. 암시장에서 수천만 원은 하는 물건이었다.

뻔한 새끼. 세나는 진술서를 마무리하며 생각했다. 자세한 사정은 굳이 알아볼 필요도 없었다. 예쁜 종업원에게 작업을 걸다가 번번이 실패하자 선을 넘어 버린 것이다. 아마 과거에도 여러 번 선을 넘었겠지. 이번엔 전혀 다른 종류의 선을 넘어 버린 거고. 혐오감이 세나의 턱 아래까지 올라왔다.

경찰이 세나의 진술서를 받아 들며 말했다.

"다 쓰셨으면 좀 기다리세요. 행정기구에서 사람이 올 겁니다. 거기서 사람이 오면, 저희 손을 완전히 벗어나요. 그전에 혹시 필요하신 거 있으세요? 거기 사람들이 좀 불친절하다던데."

세나는 형식적인 미소를 지으며 말했다.

"아뇨, 괜찮아요."

오늘 초고 마무리하기는 틀렸네. 세나는 다시 한 번 카페의 그 남자를 떠올렸다. 망할 새끼. 사람이 죽기는 했지만, 이런 사건사고 기사는 세나의 담당이 아니었다. 아무리 거기에 마법이 있었다고 해도 세나가 기사로 쓸 일은 없었다.

경찰이 대책위원회를 행정기구라고 부른 것이 세나의 기억에 남았다. 마법 관련 사건에서는 경찰마저 누르는 권력을 가지게 된 조직을 재난대책위원회라고 부르는 건 어색하기 때문이겠지. 경찰의 억양에서도 시기와 빈정거림이 묻어났다. 세나는 다음 기사에선 경찰과 행정기구의 알력다툼을 다뤄야겠다고 생각했다.

한 시간이나 지나서 나타난 행정기구 수사관은 세나에게 몇 가지만 묻고 사라졌다. 대개는 남자가 마법을 쓸 때의 모습에 대한 자세한 묘사를 원했다. 나름대로 관찰력이 좋다고 자부하던 세나는 최대한 자세히 설명했다. 땀을 닦은 손수건부터 손에서 뻗어나온 붉은 빛까지.

호기심에 종업원과 남자가 어떻게 됐는지 물어봤지만, 수사관은 아무것도 알려주지 않았다. 이런 일엔 최대한 관련되지 않는 게 좋다는 조언만 남기고 수사관은 사라졌다.

세나가 경찰서를 나온 것은 해가 모습을 감춘 뒤였다. 하늘은 어두웠지만, 여전히 눈이 내리고 있었고, 길거리에 쌓인 눈은 알록달록한 네온사인에 물들어 있었다. 기이한 경험을 한 날의 저녁 풍경치고는 나쁘지 않았다. 로맨틱하기까지 했다. 그리고 오늘은 데이트가 있는 날이었다.

주하야, 밥 먹자.

세나는 잠깐 망설이다가 메시지 뒤에 빨간 하트 이모지를 넣고 전송을 눌렀다.

"마법사의 몸이라니, 그걸 쓰는 사람을 진짜 만났단 말이야? 심지어 그 사람 팔도 부러뜨리고? 나도 같이 카페에 들어갈 걸 그랬어. 나 중학생 때부터 마법사 마니아였는데. 친구들이랑 같이 마법사가 어디서 어떻게 왔는지 가설도 세우면서 놀았잖아."

주하는 침대 위에서 옆으로 누운 세나에게 이불을 덮어 주며 말했다. 주하가 세나에게 반말을 쓸 수 있는 건 언제나 하루가 끝날 무렵의 잠시뿐이었다. 세나는 이럴 때마다 주하가 평소보다 말이 조금 많아지는 것 같다고 생각했다.

"됐어. 그거 반년 전에 들었어. 그때가 세 번째였고. 한 번만 더 반지의 제왕 얘기하면 지팡이로 때릴 거야."

"아니, 그건 중학생 때고. 고등학교에 들어가선 좀 더 오래된 신화에서 찾아봤거든."

세나가 팔꿈치로 주하의 가슴을 쳤고 주하는 그럴줄 알았다는 것처럼 과장된 신음을 뱉었다.

"아서왕 이야기도 그만. 조용히. 얌전히. 하루에 사람 팔 두 개 부러뜨리고 싶진 않아."

주하는 잠시 입을 다물고 있다가 세나를 바라보며 조용히 입을 열었다.

"그래서 오늘은 뭔가 달랐던 거구나."

"다르긴 뭐가 달라?"

"글쎄, 평소보다 가벼우면서도 적극적인 거 같았어."

"애매하게 말하지 마. 나 해석할 힘 없다. 구체적으로, 정량적으로, 정확하게 말해."

세나가 발끝을 이불로 감싸며 말했다. 팔은 밖으로 꺼내 이불을 사이에 두고 주하의 손등을 감쌌다.

"정량화할 수 없는 것도 있는 법이야. 마법도 존재하는 마당에."

"편의상 마법이라고 부르는 거지. 그냥 아직 이해 못한 현상을 이용하고 있을 뿐이야."

"그게 마법의 정의일지도 모르지."

주하는 그렇게 말하며 세나의 머리카락을 헤치고 얼굴을 세나의 목에 묻었다. 민감한 살갗에 주하의 숨결이 닿았다. 아직 숨이 거칠었다. 평소라면 금세 호흡을 고르고는 간식거리를 가져왔을 시간인데. 정말 오늘 뭔가 달랐던 걸까?

세나는 눈을 감고 생각했다. 12월 25일은 언제나 평범하게 보내고 싶었다. 평소처럼 일하고 평소처럼 걷고 평소처럼 대화하고. 크리스마스가 특별한 날이 되지 않기를 바랐다.

달랐다. 지금 이 순간 속에서도 무언가 달랐다. 카페와 경찰서에서 묻어난 위화감을 아직 다 털어내지 못한 걸까. 세나는 내일 할 일을 떠올리며 기분을 가다듬었다. 오늘 마무리하지 못한 기사 초안을 쓰고, 사건사고 담당자에게 오늘 일을 알려 줘야 한다. 요즘 살인사건이 이어져서 바쁘겠지만. 그리고….

초인종 소리가 세나의 집중을 끊었다. 오후 10시 30분. 손님이 올 시간은 아니다. 잘못 누른 거겠지. 세나는 무시하려고 했다. 주하는 그렇지 않았다. 세나가 주하의 팔을 붙잡았지만, 주하는 속옷도 없이 바지와 셔츠를 대충 걸치고는 침실을 나갔다. 현관문을 향하는 주하의 발걸음 소리는 가벼웠다. 벗겨 보기 전에는 운동으로 다져진 몸이라는 걸 믿기 어려울 만큼 주하의 움직임은 언제나 가볍고 날렵했고 세나는 그 점이 항상 마음에 들었다. 역시 내가 어딘가 이상한 걸까 생각하고 있을 때, 현관문이 열리고 주하가 누군가와 대화하는 소리가 들렸다.

"이리 와 봐! 나와 봐요!"

주하가 불렀다. 세나는 침대에서 내려와 잠옷을 걸쳐 입고 현관문으로 갔다. 귀찮다는 표정은 조금도 감출 생각이 없었다.

한 걸음 한 걸음, 느릿느릿. 현관에 다가갈수록 왠지 모를 불안감에 세나의 발걸음이 무거워졌다. 숨어 있던 위화감이 현관문 너머에서 새어 나올 것만 같았다.

"유세나 님, 여기 사인 좀."

택배였다. 택배 기사가 휴일 배송 스티커가 큼지막하게 붙은 상자를 들고 있었다.

"크리스마스엔 물량이 많이 몰려서요, 늦은 시간에 죄송합니다."

연신 고개를 숙이는 택배 기사의 입술은 바싹 말라 있었다. 세나는 안도감이 섞인 억지웃음을 보이며 택배 기사가 내민 단말기에 손가락으로 이름을 썼다.

"따뜻한 차라도 가지고 올게요."

"아니, 괜찮아요. 아직 일이 좀 남아서…."

"만들어 놓은 게 있어서 금방이에요."

세나는 부엌으로 발길을 돌리며 발끝으로 주하의 무릎을 조금의 자비도 없이 걷어찼다. 크리스마스에 내 이름으로 택배를 시키다니, 양심도 없냐. 세나는 눈빛으로 말했다. 택배가 주하가 준비한 크리스마스 선물이란 건 의심의 여지가 없었다.

부엌에 도착한 세나는 보온병을 집어 들었다. 필로 토크가 끝나면 땀으로 식은 몸을 다시 데우기 위해 마실 생각으로 만들어 둔 생강차였다. 생강차를 종이컵에 따르고 설탕을 두 숟가락 넣고 저었다. 설탕이 다 녹은 걸 확인하고는 한 스푼 마셔 봤다. 마시기 좋은 온도였다. 세나는 조심스럽게 컵을 들고는 다시 현관으로 향했다.

"딱 좋은 온도니까 마시면서 가세요."

세나가 현관문에 돌아왔을 때, 택배 기사는 사라지고 없었다. 대신 회색과 검은색 코트를 걸친 건장한 남자 두 명이 문 앞에 서 있었다. 세나는 주하를 바라보며 눈빛으로 무슨 일인지 물었다. 주하는 그 눈빛을 그대로 돌려주었다.

"감사합니다."

키가 작은 남자가 그렇게 말하고는 세나가 가지고 온 생강차를 받아들더니 망설임 없이 들이켰다.

"밖이 제법 춥더라고요. 안 그래도 뜨거운 차나 마실까 하고 있었는데."

키가 큰 남자가 작은 남자를 말없이 노려봤다. 작은 남

자는 잠시 분위기를 읽는 듯하더니 컵 바닥을 보여 주며
말했다.

"미안, 다 마셔 버렸네. 다음에 내가 커피를….”

"누구세요? 뭐하러 온 거죠? 택배 기사는 어딨어요?”

세나가 불쾌한 시선을 쏟아내며 물었다. 세나의 눈빛
은 언제나 그렇게 솔직했다. 한밤중에 찾아온 낯선 남자
들 앞에서도, 세나의 눈은 할 말은 해야만 했다.

대답한 건 키가 큰 남자였다.

"죄송합니다. 실례를 범했네요. 택배 기사는 저희가 돌
려보냈습니다. 일이 밀려서 안절부절못하더군요.”

키가 큰 남자는 작은 남자에게서 종이컵을 빼앗더니
세나에게 돌려줬다. 다 쓴 일회용 컵을 돌려주다니, 도대
체 무슨 개념인가. 세나의 표정에 의아함이 조금 섞였다.

"저희는 재난후대책위원회에서 왔습니다.”

"'행정기구' 말이군요.”

세나가 말했다.

"네, 다들 그렇게 말하죠. 그렇게 부르셔도 됩니다.”

"오늘 본 일에 대해선 다 설명해 드렸는데요. 이런 시
간에 왜 오신 거죠?”

"유세나 씨에게 중요한 용무가 있습니다. 가능하면…

가능하다면 저희와 같이 가 주시겠습니까?"

세나는 대답하는 대신 그대로 현관문을 닫아 버렸다. 문이 닫히는 소리가 방 안과 복도에 울려 퍼졌다. 작은 남자의 얼굴이 문 모서리에 부딪히는 소리도 들린 듯했지만, 세나는 신경 쓰지 않았다. 미친 새끼들.

재밌다는 듯 웃고 있는 주하를 보며 세나가 말했다.

"하나만 해, 하나만. 크리스마스에 택배를 시키질 않나, 낯선 남자들을 문 앞에 들이질 않나. 모처럼 호의 베풀려고 했더니 기사 아저씨 보내는 거 그냥 내버려 두고."

"글쎄, 택배 아저씨가 그 자리 지키려고 했다가는 쫓아낼 분위기였어. 그 키 큰 사람, 말은 예의 바르게 하는데 은근히 호전적이야."

"으이구. 괜히 기분만 버렸잖아."

"근데 이렇게 눈앞에서 문 닫아 버려도 돼?"

"몰라. 미친놈들. 답답하면 내일이라도 찾아오겠지. 크리스마스 한밤중에 와서 동행해 달라니, 상식이 없는 거에도 정도가 있지."

주하는 마지못해 동의하는 듯 어깨를 들썩이더니 확신에 찬 목소리로 말했다.

"또 올 거야."

"뭐?"

"문전박대 좀 당했다고 그만둘 사람들이 크리스마스 한밤중에 찾아오진 않겠지."

주하는 다시 침실을 향해 걸어갔다. 세나가 식어 버린 종이컵을 구겨서 부엌 휴지통에 던져 버리려고 할 때 침실 침대 맡에 있는 세나의 스마트폰이 울렸다. 주하는 묘하게 거만한 웃음을 지으며 스마트폰을 세나에게 가져다줬다.

화면을 보니 모르는 번호가 떠 있었다. 세나가 고개를 들자 침실 입구에 선 주하가 전화를 받으라는 손짓을 했다. 세나는 다시 몰려온 위화감에 망설였다. 하지만 결국 받을 수밖에 없었다.

"여보세요."

「세나 씨. 부디 서로 다시 귀찮게 하는 일이 없기를 바랍니다. 지금 문 앞에 있어요. 정말 중요한 일입니다. 세나 씨의 도움이 필요해요.」

키 큰 남자의 목소리. 세나는 대답하지 않았다.

「주하 씨를 위해서라도 저희 말을 들으시길 바랍니다.」

세나의 시선이 주하를 향했다. 주하는 세나의 얼굴을 한 번 바라보고 나서는 벽에 몸을 기대고 자기 스마트폰을 만지작거렸다. 아무것도 모르는 걸까? 그럴리가. 눈치 만큼은 백단이니까. 대화 중에 누가 끼어드는 걸 싫어하는 세나의 성격을 알고 있을 뿐이었다.

세나는 이마 앞으로 내려온 머리카락을 왼손으로 쓸어 올리며 말했다.

"도대체 무슨 일이죠? 그리고 제 전화번호나 옆에 있던 녀석에 대해선 어떻게 안 거죠?"

「잠시 뒤에 하나도 빠짐없이 말씀드리죠.」

"지금 얘기해요."

「세나 씨.」

대답하지 않는 세나.

「오늘 당신이 들려준 목격담. 다른 사람들과는 다른 게 있어요.」

대답하지 못하는 세나.

「유일하게 당신만 본 것이 있습니다.」

침묵.

「그리고 저흰 그게 아마… 당신이 15년 전 재난 현장에 있었던 것과 관련이 있다고 생각합니다.」

세나는 주하를 바라봤다. 주하도 세나를 바라봤다. 잠시 시선을 마주친 다음, 세나는 고개를 돌리고 현관을 향해 걸었다. 평범한 크리스마스는 이미 오늘 아침에 끝났다는 걸 인정하면서.

◆

하늘에서 빛이 떨어졌고, 사람들이 달리기 시작했다. 세나도 남자 친구의 손을 잡고 필사적으로 뛰었다. 여기서 넘어졌다가는 사람들 발에 밟혀 죽겠다는 생각을 했을 때, 벽에 부딪히는 듯한 충격이 오더니 몸이 하늘로 떠올랐다. 날카롭고 뜨거운 고통에 세나는 비명을 질렀다. 정신을 차리고 보니 몸은 구겨진 자동차에 떨어져 있었고 남자 친구가 세나를 깨우기 위해 어깨를 흔들고 있었다.

세나는 기억을 거기서 끊었다.

엘리베이터를 타고 내려가는 동안, 세나는 15년 전을 잠시 떠올렸다. 짧은 순간이었지만, 완벽했던 크리스마스. 기억은 많이 남아 있지 않았다.

엘리베이터를 내리자 노란 택시 한 대가 아파트 현관 앞에서 세나를 기다리고 있었다. 주하의 택시와는 차종이 달랐다. 키 큰 남자가 뒷문을 열고 나오면서 말했다.

"차로 이동하면서 설명해 드리죠."

"어디로 가는 거죠?"

"아무 데도 가지 않습니다. 시내를 돌아다니다가 다시 이곳에 내려 드리죠. 눈에 띄지 않게 설명하기엔 늦은 밤 택시가 좋거든요."

세나는 고개를 끄덕였다. 가람시의 상징 중 하나인 노란 택시는 늦은 밤이나 이른 새벽에도 언제나 도로를 달리고 있으니까 아무도 신경을 쓰지 않았다.

세나도 주변 사람들의 무의미한 관심을 벗어나 숨기 위해 목적지 없이 택시를 타고 돌아다니고는 했었다. 세나가 쓴 기사에 불만을 품은 구도심 주민 한 명이 집 주변을 어슬렁거린 적이 있었는데, 그와 마주치는 걸 피하려고 세나는 도로 위의 택시로 몸을 숨겨서 많은 시간을 보냈다. 그때 만난 것이 주하였다.

그러고 보니 택배, 주하의 선물을 뜯지도 않았구나. 세나는 주하에게 미안한 마음이 들었다. 크리스마스에 맞춰 도착했다면, 제법 이른 시기부터 준비했던 것일 텐데.

"…무슨 문제라도 있습니까?"

키 큰 남자의 말에 세나는 자기가 택시 옆에서 멀뚱멀

뚱 서 있다는 걸 깨달았다.

"아뇨. 아무것도."

세나가 택시 뒷좌석에 올라타자 키 큰 남자가 세나의 옆에 앉아 차 문을 닫았다. 운전석에 앉은 건 키가 작은 남자였다. 키 작은 남자는 두 사람이 앉은 걸 확인하더니 바로 시동을 걸고 차를 움직였다.

세나는 차를 가질 생각도 없었고, 차에 관심도 없었지만, 지금 타고 있는 차가 주하의 것보다 훨씬 좋은 종류란 것 정도는 알 수 있었다. 그것도 택시에는 어울리지 않을 정도로 좋은. 처음부터 이런 용도로 쓰기 위해 행정 기구가 차를 겉모습만 택시처럼 꾸민 게 아닐까, 세나는 추측했다.

택시 창문 너머로 모습을 드러낸 늦은 밤의 가람시는 여전히 밝았다. 빛나는 고층 빌딩 숲이 시야의 중앙을 차지하고 있었다. 도시에 있는 거의 모든 건물들이 만들어진 지 10년이 채 지나지 않았기에 보는 것만으로도 새로운 전자 제품 포장을 뜯은 것 같은 냄새가 날 것 같았다.

세나는 창문에 입김이 서릴 만큼 다가가 풍경을 바라봤다. 밤하늘은 어두운 회색이었지만, 도시와 만나는 곳에서는 주황색으로 물들었다. 가람시 남쪽에 바로 붙어 있는 구도심은 가람시의 빛과 그림자에 가려 흔적조차 찾을 수 없었다.

"마법을 본 건 오늘이 처음이었나요?"

"이름부터 알려 주시죠."

키 큰 남자의 질문에 세나는 고개도 돌리지 않고 응수했다.

"그렇군요. 죄송합니다. 저는 페이 위입니다. 앞에 앉은 건 박영이고요. 성이 박이고 이름이 영. 다들 박영이라고 부릅니다. 전 페이라고 부르시면 됩니다."

"중국계인가요?"

페이는 그저 웃을 뿐, 대답하지 않았다. 세나는 페이의 말투나 행동에서 위화감을 전혀 느끼지 못했지만, 이민자 2세나 3세인 듯했다. 한때 이민자들은 차별주의자들의 주요 공격 대상이었다. 할아버지가 터키인에 외할머니는 일본인이었던 세나도 고등학교 때까진 반쪽 인간 취급을 당했을 정도니까. 하지만 가람시가 인구 대부분을 구도심 바깥에서 흡수하자, 구도심 극성 차별주의자들의 표적은 가람시 시민 자체가 되었다. 여기에 차별 금지 정책이 맞물리면서 이민자라는 태그 자체는 자연스레 존재감이 옅어졌다. 페이 위처럼, 이민자나 그다음 세대들이 중요 기관에서 일하고 있는 풍경도 이젠 일상이었다.

"네, 마법을 본 건 오늘이 처음이었어요."

세나는 페이를 향해 고개를 돌리며 말했다. 세나의 생강차를 벌컥 마셔 버린 박영은 마음에 들지 않았지만, 페이는 처음부터 끝까지 최소한의 매너는 지키고 있었기에, 세나도 페이에게는 최소한의 존중을 보이기로 했다. 주하는 페이가 호전적이라고 했지만 세나에겐 그런 모습이 보이지 않았다. 하지만 아마 주하의 말이 맞을 것이라는 생각에 세나도 긴장을 풀지는 않았다.

"하지만 거기 있던 사람들 대부분이 처음 본 거잖아요. 요 몇 년간 마법이 사용된 사건도 없었고, 가람시 내에선 더욱 없었죠. 혹시 목격자 모두를 만나고 다니시나요?"

세나는 그들의 늦은 방문을 의심하며 물었다.

"아뇨. 저희는 세나 씨만 찾아온 겁니다."

페이는 주저 없이 대답했다.

"그럼 왜 저만 찾아오신 거죠? 저만 봤다는 게 대체 뭐예요?"

"이걸 좀 들어 보시죠."

페이는 주머니에서 스마트폰을 꺼내고는 녹음 파일을 재생했다. 스마트폰에서 흘러나온 것은 카페에서 있었던 일을 설명하는 떨리는 목소리였다. 수상한 남자가 손을 뻗었고, 매니저의 목이 비틀어졌다는 이야기들. 여러 목소리가 차례로 흘러나왔지만 모두 같은 이야기를 반복했다. 목격자들의 진술이었다. 원래대로라면 경찰이 가지고 있어야 할텐데. 하여간 행정기구 놈들이란.

열두 번째 목격자가 증언을 시작했을 땐 차가 구도심으로 향하고 있었다. 15년 전에 시간이 멈춘 것 같은 오래된 스카이라인이 밤하늘 구석에서 조금씩 모습을 드러냈다. 도로 곳곳에 설치된 강력한 조명이 초라한 도시를 밝히기 위해 애를 쓰고 있었지만 이미 놓쳐 버린 시간을 되찾을 수는 없었다.

다른 사람 증언은 도대체 언제까지 들려주려는 걸까? 세나는 하고 싶은 대로 해 보라는 듯 다시 창 밖으로 시선을 돌렸다. 구도심 동쪽 끝에서 해바라기씨 모양의 구도심 최고층 건물이 산타 모자처럼 붉게 빛났다. 새빨간 빛이 건물 아래에서 위로 올라갔다가 다시 아래로 내려왔다.

세나는 그제야 페이가 다른 목격자들의 진술을 들려주는 이유를 알았다. 그 진술 속에는 세나가 본 한 가지가 없었다. 남자의 손에서 뻗어 나와 매니저의 목을 비틀고 종업원의 몸을 희롱한 붉은 빛. 그 빛에 대한 이야기가 전혀 없었다.

"…제가 거짓말이라도 했다고 생각해요? 그거 때문에 이 밤중에 찾아왔어요?"

세나는 그 빛에 대한 궁금증을 감추며 날 선 시선으로 페이에게 물었다. 페이는 스마트폰을 다시 주머니에 넣으며 대답했다.

"물론 아닙니다. 저희는 세나 씨가 거짓말을 했다고 생각하지 않아요. 그래서 중요한 거죠. 세나 씨가 붉은 빛을 봤다는 것, 그리고 유일하게 세나 씨만 봤다는 것 말이죠. 저희는 지금 당신의 그 능력이 필요합니다."

능력이라니. 그런 부담스러우면서 왠지 유치해 보이는 단어를 사용하다니. 슈퍼히어로 영화를 너무 많이 본 거 아닐까? 세나는 미간을 찌푸렸다. 세나는 분명이 그 빛을 봤다. 하지만 다른 사람은 아무도 보지 못했다. 능력이라고 할 만도 했다. 이해가 가지 않았다. 왜 현장에 있던 다른 사람들은 보지 못한 걸까. 이유가 무엇이든 좋은 의미는 아닐 것 같았다. 페이가 15년 전의 일을 언급했다는 사실을 다시 떠올리자 차가운 긴장이 세나의 허벅지를 타고 올랐다.

"설명이 부족하네요. 짐작하기 싫으니까 제대로 설명

해 봐요."

세나는 표정이 들키지 않도록 다시 창밖으로 고개를 돌리며 말했다. 내가 필요하다고 한 건 그들이니, 선택권은 아직 나에게 있다, 아마도. 세나는 팔짱을 단단히 끼고 다리를 꼬아서 몸이 떨리기 시작한 걸 감췄다.

페이는 차분한 목소리로 설명을 시작했다.

"최근에 구도심에서 살인 사건과 실종 사건이 있었죠. 광화문역에선 왼쪽 어깨가 절단된 시체가 발견됐고, 가로수길에서 죽은 사람은 턱이 사라졌어요. 아직 언론에 나가지는 않았지만, 실종자들의 일부도 신체가 훼손되었을 정황 증거가 있어요. 그리고…."

페이는 말을 잠시 멈추고 목을 가다듬었다.

"이틀 전엔 우리, 그러니까 행정기구의 직원 한 명도 눈이 훼손되어 죽었어요. 이건 당분간 외부로 알려지진 않을 겁니다."

"모두 동일범 소행인가요?"

세나가 묻자 페이는 고개를 끄덕였다.

"범인이 혼자인지 여럿인지는 알 수 없지만 한 가지는 분명해요. 범인은 마법사의 신체를 가지고 있는 사람들을 노립니다. 그들을 죽여서 마법사의 몸을 회수하고 있는 거죠. 그리고 범인 본인도 마법을 사용하고 있고."

이 일에 엮여서는 안 된다. 세나는 직감했다.

"저랑은 상관없는 일이네요. 전 마법사의 신체를 가지고 있지도 않고, 마법을 쓸 줄도 몰라요."

세나는 기자로서의 호기심을 필사적으로 억누르며 말했다.

"하지만 마법을 볼 수는 있죠."

페이는 숨을 한 번 들이마시더니 힘이 들어간 목소리로 이어 말했다.

"그리고 볼 수 있다는 건 당신이 마법사의 몸과 친화될 수 있다는 뜻이에요."

도무지 무슨 소리를 하는 건지 알 수 없었다. 세나는 다시 한 번 미간을 찌푸렸다. 페이의 설명이 이어졌다.

"이틀 전에 희생된 저희 직원 역시 마법사의 신체를 가지고 있었어요. 마법사의 눈이었죠. 정확히는 마법사의 오른쪽 각막. 마법사의 시선을 가지고 있으면 마법을 볼 수 있을 뿐 아니라, 마법을 사용한 사람과 사용된 곳에 남겨진 흔적을 볼 수 있어요. 일종의 추적 능력이죠. 그는 앞선 살인 사건과 실종 사건을 조사하는 중이었어요. 마법을 사용한 사람, 즉 마법사의 신체를 가지고 있는 사람을 찾아가는 거였죠. 그들이 범인의 다음 희생양이 될 수 있으니까. 그래서 각막을 이식한 거였는데…. 그러다가 결국 자신이 당한 겁니다."

"안타깝네요."

"네. 안타까운 일이죠."

페이가 운전석의 박영을 바라봤다. 박영은 가벼웠던 첫인상과 달리 입을 굳게 다물고 운전에만 집중하고 있었다. 페이는 다시 세나에게 시선을 옮기고 설명을 이어 나갔다.

"마법사의 신체를 몸에 이식하면, 당연하게도 거부 반응이 일어납니다. 면역 체계가 받아들이지 않는 거죠. 마법사의 몸이 특별한 건지 일반적인 장기 이식만큼의 심각한 반응은 아니지만 어쨌거나요. 그래서 우린 각막을 이식한 조사원에게 면역 억제제를 제공했어요. 행정기구의 자체 연구로 개발된 약품이었는데… 범인이 그것 때문에 조사원의 정체를 눈치채고 살해한 것으로 생각하고 있어요."

발을 빼야 한다, 이 차에서 내려야 한다, 내가 저런 사건에 도움이 될 리가 없다, 도움이 되어서도 안 된다, 여기서 자칫 잘못하다가는 원래 세계로 돌아올 수 없게 된다. 세나의 마음이 다급해졌다.

"제가 도움을 줄 수는 없겠네요. 전 오늘 그 남자가 실제로 마법을 쓰기 전까진 아무것도 몰랐어요. 지금까지 마법에 대해서 느낄 수 있는 것도 없었고….""

세나의 말을 아무렇지도 않게 무시하며 페이가 말을 이어 나갔다.

"하지만 어떤 사람들은 마법사의 신체에 거부 반응을 일으키지 않아요. 일종의 적격자들이죠."

"내려 줘요. 아무 데나. 걸어서 돌아갈게요."

한밤중에 구도심을 걷는 건 위험한 일이었지만 여기에 남았을 때 일어날 일에 비하면 훨씬 안전할 거라고 세나는 생각했다.

"적격자들의 공통점은 15년 전 사고의 생존자들이라는 겁니다. 그들은 직감적으로 마법을 감지할 수 있어요. 오늘 세나 씨가 한 것처럼."

"아뇨, 절대로요. 당신이 무슨 말을 하든, 전 거절할 겁니다."

페이의 얼굴이 차갑게 굳기 시작했다. 적어도 세나에겐 그렇게 보였다.

"범인이 더 많은 살인을 저지르기 전에 잡아야 합니다.

범인이 마법사의 신체를 모아서 무엇을 하려고 하는지도 알아야 하고. 그러기 위해선 마법사의 눈이 필요해요."

맙소사, 그만해. 세나는 차가 달리고 있는 걸 알면서도 문손잡이를 잡아당겼다. 당연히 열리지 않았다.

"세나 씨가 마법사의 왼쪽 각막을 이식하고 저희를 도와줬으면 합니다."

"아니, 절대 거절입니다. 미쳤어, 아주. 내려 줘요. 도움을 줄 수도 없고, 주고 싶지도 않아요."

세나는 페이의 눈을 노려봤다. 하지만 페이의 시선은 견디기 어려울 만큼 날카로웠다.

"세나 씨는 여유로운 선택지를 고려할 상황이 아닐 텐데요. 세나 씨에게 선택지가 있었다면, 아직 언론에 공개되지도 않은 사실들을 얘기해 줬을 리가 없죠."

페이가 고개를 까딱 기울이며 말했다. 거만하고 호전적인 시선이었다. 주하가 봤던 모습이다.

"윤주하 씨는 가람시가 운영하는 택시의 운전사. 박봉이지만, 나쁜 직업은 아니죠. 가람시의 운수 사업은 유지 관리나 시장 보호 쪽에서 재개발 정책의 특혜를 많이 받는 곳 중 하나고요. 하지만 재개발 정책은 내년이면 끝나요. 택시가 사라지진 않겠지만, 그동안 받아 오던 특혜는 사라져요. 차량은 자기 돈으로 사거나 빌려야 하고, 유지 관리도 직접 해야 할 겁니다. 구도심에서 밀려드는 새로운 경쟁자들도 있을 거고. 할 줄 아는 거라고는 운전밖에 없는 윤주하 씨는 살아남기 힘들겠죠. 그렇다고 딱히 다른 걸 배울 줄 아는 재능이 있는 것도 아니란 건 세나 씨가 더 잘 알겠죠."

이 새끼가. 세나의 걱정과 두려움 속에서 분노가 잠시 반짝였다.

"세나 씨도 그리 사정이 다르지 않아요. 가람시 지역 언론이 그나마 살아 있는 건 우선 구독 제도와 선보도 혜택이 있기 때문이니까. 그게 사라진다면, 누가 지역신문 따위를 보겠어요? 누가 광고를 제공하겠어요? 가장 먼저, 세나 씨 같은 지역 정치를 다루는 기자들이 제일 먼저 책상을 잃겠죠. 능력이 있든 없든 가람시에서 일하고 싶어하는 사람은 넘쳐요. 한 번 직장을 잃으면 그동안 쌓은 건 아무 의미도 없어지고 바닥부터 다시 경쟁해야 하겠죠. 물론 충분한 경쟁력이 있기라도 하다면."

페이가 말을 멈췄다. 하지만 할 말이 아직 남아 있다는 건 표정으로 알 수 있었다. 전략적인 침묵일 뿐이었다. 자신의 말이 세나의 머릿속을 충분히 맴돌며 흩트려 놓을 수 있도록.

"아직 알려지진 않았지만 정부와 가람시는 조만간 출산 장려 정책도 펼칠 겁니다. 재난 이후에 가팔라졌던 인구 감소율이 좀처럼 완만해지지 않고 있어요. 하지만 말이 장려 정책이지, 사실은 비출산 억압 정책이에요. 인구를 늘려 주지 않으면 그동안 받아 왔던 혜택과 앞으로 받을 혜택을 앗아가는 거죠. 대개는 주택 자금 대출에 제한을 거는 형태가 될 겁니다. 그리고, 뭐, 영유아 보험료 같은 것도 월급에서 걷어가겠죠. 물론 이름은 바꾸겠지만. 어쨌거나, 이제 가람시는 경제적으로든 머릿수로든, 충분한 생산 능력을 갖추지 않은 사람들을 바깥으로 배출하기 시작할 겁니다. 예를 들어, 세나 씨와 주하 씨 같은."

다시 한 번 침묵. 이번엔 좀 짧았다. 세나는 결정타가 올 거라 짐작했다. 예상은 크게 빗나가지 않았다.

"세나 씨와 주하 씨는 반년 전부터 불임 상담을 받고 있더군요. 문제는 세나 씨였는데, 수술까지 받았지만 효과는 없었고."

모욕감이 세나의 몸을 적셨다. 페이가 시커먼 그림자가 내린 얼굴을 하고 다가왔다.

"우린 두 분 본인들보다 그 상황을 더 잘 알고 있어요.

두 분의 생활 기반은 곧 무너질 겁니다. 그리고 우리 사회 바닥에 안전망이 있었던 적은 없죠. 앞으로도 없을 거고."

"거, 사람 너무 겁주는 거 아니야?"

운전석에서 박영이 말을 뱉은 덕분에, 세나는 차 안에 페이와 갇혀 있다는 느낌에서 겨우 벗어났다. 페이는 곁눈질로 박영을 노려봤다. 박영은 조용하지만 힘 있는 목소리로 말했다.

"세나 씨, 그러니까 말이죠, 우린 당신을 절망시키겠다는 게 아니에요. 우릴 도와준다면 안전망을 깔아 주는 정도가 아니라, 위로 올라갈 사다리까지 주겠다는 겁니다. 도와주기만 하면 돼요. 도와주기만 하면, 당신과 동거인을 당신들이 원하는 가람시 최고의 직장에 넣어 줄 겁니다. 그리고 최고의 의사들을 불러서 불임 치료도 도와주고요."

페이가 몸을 뒤로 당기며 제자리로 돌아갔다. 자기 할 일을 뺏겼다는 아쉬움의 표정이었다.

"페이 저놈이 누가 살해당했다느니 이식이니 수술이니 이상한 말을 해서 겁을 주는데, 마법사의 각막은 콘택트 렌즈 비슷하게 가공돼 있어요. 그냥 렌즈 끼듯 넣으면 된다는 거죠. 그리고 당신에겐 거부 반응이 없을 거니까 약을 먹을 필요도 없고, 따라서 약 때문에 들킬 가능성도 낮아요. 당신은 위험 구역에 갈 필요도 없고, 범인을 쫓을 필요도 없어요. 그저 보이는 걸 설명해 주기만 하면 되죠. 그리고 무엇보다, 당신은 우리가 보호할 겁니다."

차가 신호에 맞춰 횡단보도 앞에서 멈추자, 박영이 몸을 뒤로 돌려 세나를 바라봤다. 생강차를 들이켰을 때의 그 한심한 얼굴과는 달랐다. 박영은 묘하게 무거운 웃음을 보이며 말했다.

"오른쪽 눈에 마법사의 각막을 넣고 있다가 죽은 동료 말인데요, 사실 한때 제 후배이자 파트너였어요. 제가 직접 스카우트해서 키워 낸 녀석이죠. 고등학교 때부터 알던 동생이라 정말 친형제처럼 지냈어요."

신호가 바뀌자 박영은 다시 앞을 바라보며 차를 움직였다. 그리고 말을 이었다.

"그 녀석한테 마법사의 각막을 써 보라고 한 게 저였어요. 이걸로 성과를 한 건이라도 올리면 더 크게 키울 수 있을 것 같아서. 누가 봐도 면역 억제제인 수상한 약통을 직접 건네준 것도 저였고. 그게 보름 전이었고, 결과는 아시다시피… 지금 여기서 세나 씨에게 부탁을 하고 있죠. 네, 부탁이에요. 도움이 필요해요. 당신을 위험에

빠뜨리려는 게 아니라, 당신이 이 일을 가장 안전하게 할 수 있는 사람이기에 부탁하는 겁니다."

박영이 말을 멈췄다. 페이 역시 아무 말도 하지 않았다. 모두 세나의 반응을 기다리고 있었다. 세나는 모든 뇌세포가 굳어 버린 것만 같았다. 처음 집을 나올 때만 해도 부디 목격담에 15년 전 사건의 기억이 섞여 있었다 정도의 이야기에서 끝나기를 바랐었는데.

"곧 크리스마스가 끝나는군요. 15년 전 희생된 이들에게 다시 한 번 명복을."

페이가 가슴 앞에 십자가를 그리며 말했다. 시계를 보니 12월 25일이 1분 정도밖에 남지 않았다. 세나는 왠지 그 시간이 결정의 기한처럼 느껴졌다.

"끝나면… 일이 다 끝나면 어떻게 되죠?"

세나가 물었다. 대답은 페이가 했다.

"각막을 떼어 내고, 당신과 동거인은 노후 걱정 없는 삶을 보내는 거죠."

세나는 생각했다. 페이는 지금 칼 하나 들지 않고 자신을 협박하고 있다. 그저 칼보다 더 위협적인 현실을 보여주는 것으로. 그저 렌즈를 하나 끼고 보이는 걸 말해 주면, 그 현실을 바꿔 주겠다면서.

"해 보죠."

세나가 말했다. 크리스마스가 끝났다.

페이가 좌석 아래에 있던 검은색 백팩 하나를 꺼냈다. 가방 안에서 나온 것은 엄지손가락 크기의 번쩍이는 은빛 기계였다. 저걸 눈에 박아 넣겠다는 건 아니겠지. 설마. 세나는 소리 없이 욕을 뱉었다.

"걱정하지 마요. 그저 눈을 크게 뜰 수 있도록 해 주는 거니까. 보통 렌즈보다는 크기가 좀 크거든요. 원한다면 직접 해도 돼요."

페이가 그렇게 말하며 기계를 세나에게 넘겨줬다. 살펴봤더니 페이의 말이 맞았다. 그저 눈꺼풀을 올려서 고정하고 렌즈를 내려 놓는 구조였다. 겨우 이것 때문에 잠시나마 겁을 먹었다니. 세나는 짧게 헛기침을 했다.

"지금… 여기서 해야 하나요?"

세나가 물었다.

"각막 기능이 발휘되기까지는 열두 시간 정도 적응시간이 필요합니다. 우린 내일 밤, 이제 오늘 밤이군요. 오늘 밤에 마법사와 관련된 조사 현장으로 가야 해요. 그러니까 지금 부탁드리죠. 물론 각막을 넣고 나서도 일상생활에는 지장이 없어요."

페이의 얼굴이 상냥해졌다. 뭘까, 이 사람은 도대체. 세나는 페이라는 남자에게서 알 수 없는 위화감을 느꼈다. 무언가를 감추고 있다. 누구나 무언가를 감추고 있고 박영도, 주하도 그렇겠지만, 페이는 뭔가 다른 걸 감추고 있는 것 같았다.

세나는 기계를 자기 왼쪽 눈에 올렸다. 조심스럽게 눈꺼풀을 위로 고정하고 천천히 금속 막대를 눌렀다. 투명한 렌즈가 다가오는 것이 보였다. 축축한 촉각이 손가락 끝에 전달됐을 때, 세나는 기계를 내려놓았다.

마법사의 시선이 세나의 왼쪽 눈에 들어왔다.

◆ 2023년 12월 26일 ◆

◆

아무도 세나를 반겨 주지 않았다.

원래부터 회사 동료들과 잘 지낸 것은 아니었고 그럴 생각도 없었기에 딱히 낯선 풍경도 아니었지만, 오늘은 뭔가 달랐다. 모두가 세나의 인기척을 무시하려는 것처럼 보였다. 세나는 차가운 분위기를 애써 무시하며 자기 자리에 가방을 내려놓았다. 수첩과 태블릿을 꺼내려던 때, 편집장이 세나의 이름을 불렀다.

편집장은 세나가 대답할 틈을 주지 않았다.

"어제 마법 사고 현장에 있었다면서? 그거 오전 중으로 써서 보내. 종이는 이미 늦었고, 오탈자만 잡고 인터넷으로 바로 보낼 거야. 오늘부턴 당신이 사건사고 담당자야. 필요한 게 있으면 아무나 잡아서 요구해. 오늘 밤에 그 마법사 종교 집회가 있다니까, 아마 잡다한 사고도 좀 있을 거야. 바로 대기할 준비하고, 기사 초고는 아침까지 메신저로. 이제 다시 자리로 가. 아, 자리도 바꿔. 그, 원래 담당하던 현석이 자리 비웠으니까 그리로 가. 꾸물거리지 말고. 뭐해? 빨리 가!"

다른 직원들의 냉대는 이 이유였다. 최근에 일어난 살인 실종 사건 때문에 바쁘던 사건 사고 담당자가 예고 없이 쫓겨나고 그 자리에 세나가 앉았다. 그 사람이 준비하던 기사는 어떻게 됐을까? 아마 편집장 대학 후배가 먹었을 거다.

세나는 쫓겨난 자의 자리에 다시 가방을 내려놓으며 앉았다. 마법사 종교 집회 얘기가 나온 걸 보니, 행정기구의 손길이 미친 것 같기도 했다. 오늘 밤에 가야 한다던 조사 현장이 그 집회일까? 세나는 새 책상에 앉으며 생각했다. 그렇다면 어제 무슨 선택을 했던 결국 말려들 수 밖에 없었다. 주하 그 녀석, 사람 곤란하게 하는 일에만 항상 감이 좋다.

세나는 오른쪽 눈을 감아 왼쪽 눈으로 책상을 살폈다. 고개를 들어 건너편 벽의 시계도 봤다. 별다른 이상은 없었다. 박영과 페이의 말대로, 평소와 다른 것은커녕, 이물감도 느낄 수 없었다. 하지만 마법사의 각막이 세나의 왼쪽 눈에 분명히 자리 잡고 있었다. 어제의 일이 꿈이 아니라면. 정말 꿈이었다면 그들 말처럼 세나의 미래는 썩 밝지만은 않았다. 세나는 결국 모두 현실이었다는 걸 받아들여야만 했다.

"세나 씨한테 온 거야."

책상 너머로 서무부장의 비서 상준이 서류 봉투 하나를 내밀며 말했다. 세나가 봉투를 받자 상준은 세나의 몸을 아래 위로 살피더니 결코 유쾌하지 않은 억양으로 이어 말했다.

"담당 바뀐 건 오늘 아침인데… 어제 세나 씨한테 도착한 우편물엔 벌써부터 사건 사고 담당이라고 돼 있네. 세나 씨, 윗사람들과 많이 친한 줄 몰랐어."

이런 사람들은 대개 해명을 해도 듣지 않는다. 자기가 내린 결론을 바꾸는 걸 싫어하는 사람들이니까. 게다가 오늘 아침 책상을 뺏긴 사람의 연인일 때는 더욱 그렇다. 상대하는 것 자체가 시간 낭비일 뿐이다. 그래서 세나는 아무 대답도 하지 않고 어색한 눈웃음만 지었다. 상준은 세나가 어떤 변명을 할지 기대라도 한 듯, 불만이 가득 찬 표정으로 뒤돌아 사라졌다.

봉투에 발송인은 적혀 있지 않았다. 하지만 세나는 대

충 짐작할 수 있었다. 행정기구. 세나가 가위로 봉투 끝을 자르고 뒤집자, 종이 몇 장이 떨어졌다.

한 장엔 종이 가운데에 조그맣게 QR코드가 찍혀 있었다. 스마트폰 카메라로 읽으니 이름 없는 애플리케이션 하나가 동의를 묻지도 않고 설치되기 시작했다. 앱 설치가 끝나자마자 알림이 떴다. 메시지였다.

저녁 8시. 삼성역. 같은 차.

세나는 행정기구가 쓰는 메시지 앱이라기엔 상당히 부실한 앱 디자인을 보고 잠깐 헛웃음이 나왔다.

다른 한 장은 전단지였다. '제2골고다예수재림교 부흥의 밤'이 오늘 밤 열린다는 내용이었다. 행정기구는 세나를 이곳으로 데려가려고 하는 것이었다. 세나는 편집부장의 말을 떠올리며 이미 모든 게 준비되어 있었다는 걸 다시금 깨달았다.

취재 명목으로 이 광신도 집단의 집회를 찾아가야 한다. 그리고 거기에 행정기구가 찾는 무언가가 있는 게 틀림없었다.

마지막 한 장. 거기엔 딱 한 줄의 문장이 적혀 있었다.

확인 후 앞의 두 장을 마주 보는 방향으로 겹칠 것.

무슨 말인지 의아해하면서 세나는 시키는 대로 인쇄면

이 마주 보도록 두 종이를 포갰다. 그러자 종이 두 장이 한 장처럼 들러붙더니 갑자기 바스러져 가루가 되어 흩어졌다. 가루가 만든 매캐한 연기가 위로 피어오르며 세나의 얼굴을 감쌌다. 세나는 인상을 잔뜩 찌푸리며 손바닥을 흔들어 얼굴 주변의 연기를 털어냈다.

이 메시지는 5초 뒤에 폭파된다, 뭐 그런 스파이 영화의 도구 같은 건가. 암호화 메시지로 보내면 될 걸 왜 굳이 이런 번거로운 방법을 쓰는 걸까? 세나는 굳이 길게 생각지 않기로 했다. 이런 기술이 있다면 한 번쯤 써 보고 싶기는 할 테니까.

세나는 가방에서 노트북을 꺼내 펼쳤다. 일단 어제 일을 정리해야했다. 현장에서 직접 겪은 일일 수록 문장으로 굳히기 어려운 법이었다. 세나는 카페 방문부터 경찰 조사까지의 일을 적당히 극적인 배치로 재구성한 다음, 오전 내내 고쳐쓰기를 반복하다가 편집장에게 보냈다.

다음 일은 제2골고다예수재림교, 흔히 골고다교라 불리는 집단에 대한 조사였다. 골고다교의 본거지는 구도심이지만 가끔 선교와 교회 개척을 명목으로 가람시에 들어와서 지역 이익 단체들과 마찰을 일으키곤 했다. 그래서 어느 정도 듣는 소식은 있었지만 이렇게 직접적으로 얽히는 건 처음이었다.

세나는 태블릿으로 골고다교의 홈페이지를 찾아 들어갔다.

재림 15년(기원후 2023년) 제13회 부흥과 구원의 밤: 성체의 회복을 위한 기도회

맙소사, 아직도 이런 팝업창 쓰는 곳이 남아 있었다니. 세나의 첫인상이었다. 웹 표준도 지키지 않아 '오늘만 다시 보지 않기'가 화면 가장자리에 가려져 어떻게 해도 체크를 할 수 없었다. 결국 키보드를 연결해 탭을 열 번 쯤 누른 다음에야 팝업창을 닫을 수 있었다. 정신 제대로 박힌 사람이라면 여기서 상태가 안 좋은 곳이라는 걸 깨닫고 물러나지 않을까. 그럼 신도들은 도대체 어떤 사람들일까? 세나는 고개를 저으며 태블릿 화면을 스크롤했다.

골고다교는 마법사가 재림예수라고 주장했다. 둘 모두 크리스마스에 빛과 함께 세상에 나타났으며, 사흘 뒤에 회수되었으니까. 어이 없을 만큼 설득력이 없었다. 그리고 유실된 부분이 모두 모이면 진짜 부활이 일어나고 심판이 시작될 거라 했다.

그렇다면 오늘 밤, 재림예수의 왼쪽 눈으로 너희를 지켜봐 주지. 세나는 잠시 거만한 상상을 했다.

과연 마법사의 눈으로, 어쩌면 예수의 눈으로, 무엇을 볼 수 있을까. 세나는 궁금했다.

◆

삼성역으로 가기 위해서는 택시를 타고—주하는 다른 손님을 태워야 했다—가람시의 남쪽 외곽으로 가서 지하철 2호선을 타야 했다. 세나는 일부러 택시에서 조금 일찍 내려 청계천을 건넜다.

복원 공사가 시작될 때만 해도 이 작은 인공 하천이 신도시와 구도시의 경계가 되리라고는 아무도 생각하지 못했다. 세나는 마치 누군가 앞으로 일어날 일을 예견한 것처럼 느껴졌다. 재난 전에 행정 수도 이전 계획이 실행된 것도, 재난 후 2년 만에 정치 수도마저 깔끔하게 이전된 것도 미리 준비된 것처럼 보였다.

하지만 모두 결과론적인 이야기다. 세나는 청계천을 가로지르는 다리를 건너며 고개를 저었다.

구도심, 그러니까 서울을 직접 걷는 것은 오랜만이었다. 한때는 가람시도 서울의 일부였기에, 그때나 지금이나 발밑에 있는 땅덩어리는 여전히 그대로였다. 하지만 가람시가 분리되고 별개의 도시로 성장한 이후로는 청계천을 건널 때마다 국경을 넘는 기분이 들었다.

지하철은 붐볐다. 그야 퇴근 시간이니까. 평일 저녁 7시에 역에서 만나자는 약속을 하다니. 세나는 행정기구 사람들의 사회 경험을 의심했다.

몸의 위화감을 깨달은 건 지하철을 타고 역 하나를 채 지나기도 전이었다. 회색 양복을 입은 중년 남자가 세나에게 밀착했다. 처음엔 흔한 변태 새끼라고 생각했지만, 세나는 그의 얼굴을 보자마자 뭔가 잘못됐다는 것을 알 수 있었다.

남자의 얼굴 자체는 매우 멀쩡했다. 하지만 세나에겐 얼굴에 겹쳐진 다른 얼굴이 보였다. 마치 반투명한 필름을 겹쳐 놓은 것 같았다. 그 반투명한 얼굴은 얼룩덜룩한 곰팡이가 핀 치즈처럼 역겨웠다. 얼굴에선 냄새 대신 옅은 보라색 연기가 흘러나와 남자 주변을 맴돌았다. 세나가 느낀 위화감은 그 연기가 만들어 낸 것이었다.

마법사의 눈 때문일까? 세나는 왼쪽 눈을 감았다. 블루치즈 같은 얼굴이 사라졌다. 왼쪽 눈을 다시 떴다. 메스꺼운 얼굴이 다시 나타났다. 마법사의 눈 때문이다.

결론과는 무관하게, 세나는 방금 한 행동 때문에 조금 더 난처해졌다. 그 중년 남자가 세나가 자기에게 윙크를 한 줄 알고 몸을 더 바싹 붙이기 시작했다. 낯선 사람이 윙크를 하면 수상하다고 여기는 게 당연할 터인데 이 종족의 머릿속엔 도대체 뭐가 들어 있는 걸까? 평소의 세나였다면 그렇게 생각하며 발등을 밟아 버렸겠지만, 지금은 그럴 수가 없었다. 세나를 노려보는 반투명한 얼굴이 혓바닥을 턱밑까지 날름거리며 기분 나쁘게 웃고 있기 때문이었다.

일단 여기서 벗어나자. 다음 역에서 내리자.

세나는 주변 사람들의 어깨를 등으로 밀며 문을 향해 이동했다. 밀려난 사람들의 짜증 섞인 헛소리를 들으며 겨우 문에 도착했지만 그 남자도 세나 뒤를 따라왔다. 오히려 더 만족스런 표정을 지으면서. 미친 새끼. 불투명한 보라색 얼굴은 피부에 구멍이 송송 뚫리며 눈이 여덟 개로 늘어났다. 모든 눈이 세나를 바라보고 있었다. 세나는 문 위에 달린 화면을 확인했다. 1분 정도 뒤면 다음 역에 도착한다. 1분. 길다. 58, 57, 56, 55….

세나는 문이 열리자마자 지하철에서 내렸다. 먼저 타려는 사람이 있었지만 그냥 어깨로 치고 지나갔다. 그다음 두 걸음을 걷기도 전에 반대편 어깨를 누군가 잡아당겼다. 예상은 빗나가지 않았고 썩은 피부의 괴물을 뒤집어 쓴 남자가 세나 앞을 가로막았다.

"같이 가요. 어디 가세요? 서울 살아요? 저 가람시 노도구에 사는데 오늘 여기에 출장이 좀 있어서 왔어요. 여기 제가 일하러 올 때마다 가는 카페가 있는데…."

남자가 별로 중요해 보이지도 않는 말을 늘어놓기 시작했다. 어디 가는지도 모르면서 같이 가자고 묻는 존재들이란 도대체. 상황을 보아하니 이 남자는 자기 얼굴을 덮고 있는 보라색 눈깔 괴물에 대해 모르는 것 같았다. 세나는 남자의 얼굴을 향해 고개를 들었다. 남자의 자그만 진짜 눈과 불투명하고 물컹한 여덟 개의 눈이 너무나도 조화로워서 어디를 봐야 할지 조금 고민이었지만 결국 가장 중심에 가까운 눈을 바라봤다.

"꺼져."

"뭐?"

남자는 잠시 당황한 표정을 짓더니 어이가 없다는 듯 고개를 돌리며 주변을 둘러봤다.

"뭐하자는 거야? 먼저 눈 깜빡하면서 불러 낸 게 누군데? 아, 진짜. 모처럼 쉬러 가는 길에 일부러 내렸더니만."

수치심이라고는 없을 것 같은 커다란 목소리에 견디기 힘든 혐오가 세나를 자극했다. 세나는 피부가 닿지 않도록 주의하면서 어깨 위에 올라온 남자의 손을 뿌리쳤다.

"불러 낸 적 없으니까 가던 길 가시죠. 일을 하러 가든 쉬러 가든."

"야, 너 여기 살아?"

세나는 대답하지 않고 남자에게서 멀어져 가장 가까운 출구를 향해 걸어갔다.

"구도심 촌년한테 관심 좀 줬더니만 진짜. 재수가 없으려니까."

남자는 멀어진 세나에게 들리라는 듯 더 큰 목소리로 말했다. 주변 사람들의 시선이 웅성거리며 모이기 시작하자 그제야 남자는 혀를 한 번 차고는 승강장 반대편으로 사라졌다.

세나는 출구 계단 중간에서 벽에 등을 기대고 생각했다.

도대체 어떤 놈이 역에서 보자고 한 거야?

◆

"아마 마법사의 시체 일부를 먹은 사람일 겁니다. 본인은 의식하지 못해요. 대신 그들의 영혼이랄까, 비물질적인 몸이 썩어 들어가는 거죠. 아마 몇 달 못 살고 정신이 나가거나 돌연사하거나 그럴 겁니다. 근래의 실종 사건 중 일부도 아마 이런 경우라고 생각해요. 뭐, 자업자득이죠. 딱히 물리적으로 해를 가하지는 못하니까 다시 만나도 걱정할 필요는 없어요. 오히려 요주의 인물 표식으로 써먹을 수 있겠죠."

페이가 운전대를 돌리며 말했다. 약속 시간에 늦은 세나가 자기가 있는 곳까지 오라고 한 이유에 대해 충분히 납득한다는 태도였다.

"뭐, 세나 씨 정도의 여성이 윙크를 했다면 누구라도 따라갔겠죠."

조수석에 앉은 박영이 다분히 의도적인 가짜 웃음을 지으며 말했다. 그가 옆자리에 있었다면 무릎을 걸어찼을 텐데. 세나는 아쉬움을 감췄다.

"그래서 오늘 제가 할 일, 그러니까, 제가 보고 말해 줘야 할 게 뭐죠? 광신도들 사이에서 엑스맨을 찾아내는 건가요?"

세나가 물었다. 대답은 페이가 했다.

"비슷해요. 신도들은 마법사의 시체를 예수의 몸이라 믿는 사람들이니 그 사이에 범인이 있을지도 모르니까요. 신도들 상당수가 용의선상에 오른 상태였는데, 이렇게 모두 한자리에 모이는 기회가 아마 다시는 없을 겁니다."

"그래서 그렇게까지 해 가며 절 끌고 온 거군요."

"부정은 안 할게요."

"집회 장소는 어디죠? 전단지나 홈페이지엔 '부활의 전당'이라고만 적혀 있던데."

"지금 우리 발밑에 있어요."

"네?"

차가 멈췄다. 페이와 박영이 차에서 내리더니 세나를 위해 뒷문을 열어 줬다.

"이 아래에 지하 교회가 있어요."

박영이 팸플릿 하나를 세나에게 줬다. 세 번 접힌 팸플릿을 펼치자, 거대한 지하 공간의 그림이 나왔다. 인터넷에서 본 적 있는 장소였다. 세나는 팸플릿의 설명을 읽으며 말했다.

"거기군요. 세계 최대의 폐역."

가람시에 뒤지지 않기 위해 서울 동남권 개발의 일환으로 건설된 고속도로 아래 80만 제곱미터의 지하 공간. 지하철은 물론 모든 광역 철도가 지나가고, 다양한 문화 시설에 시설 근로자 거주구까지 마련된 곳이었다.

하지만 건설이 끝나자마자 온갖 정치적, 경제적 문제가 얽히면서 개장이 늦어졌다. 빚더미에 앉은 동남권 구청들은 정부와 가람시에 도움을 요청했지만 굶어 죽지 않을 만큼의 원조만 받았다. 기획부터 무리수였다는 비난과 함께.

페이는 구두 끝으로 보도블록을 툭툭 치며 말했다.

"이젠 세계 최대의 종교 시설이죠. 골고다교가 5년 넘게 협상을 하다가 작년에 30년 장기 임대를 했어요. 최상층 시설 일부를 시민에게 무상으로 개방하는 조건으로. 하지만 그래도 파격적인 거래였던 건 사실이죠. 골고다교는 곧장 내부를 개조해서 그야말로 지하 종교 도시를 만들었어요. '부활의 전당'은 여기서 가장 큰 예배당인데, 아마 이게 첫 사용일 겁니다. 모든 신도들이 모일 만도 하죠."

박영이 재미있는 가십이라도 건진 듯 웃으며 말했다.

"골고다교의 정치 로비가 모든 일의 뒤에 있다는 소문도 있어요. 동남권 구청들이 피해자라는 얘기도 있고, 처음부터 건설 비용과 리스크를 세금으로 충당할 작정으로 골고다교가 구청들을 매수해 건설했다는 얘기도 있어요."

"쓸데없는 얘기는 그만하고 이제 들어가죠. 우린 새신도 자리로 가야 해요. 입구에서 가장 먼 곳이니까 서두릅시다."

페이가 고개를 까닥거리며 말하고는 앞장서서 걸었다. 아직 발걸음을 떼지 않은 세나를 보며 박영이 여전히 능글맞은 표정으로 말했다.

"걱정하지 마요. 아무 일도 없을 겁니다."

대개 그런 말을 할 때마다 무슨 일이 생기기 마련이지. 세나는 마음의 준비를 하고 페이의 뒤를 따라갔다. 박영은 주변을 한 번 둘러본 다음 두 사람 뒤를 쫓았다.

◆

"우리 주 예수 그리스도께서는 하나님 우편에 앉아 2000년 동안 우리를 지켜보시다가, 드디어 이 세상에 다시 내려오셨습니다! 하지만 우리는 어땠습니까! 예수 그리스도를 받아들일 준비가 되어 있었습니까!"

단상에 선 목회자가 우렁찬 목소리로 말했다. 메마른 늙은이라고는 믿을 수 없을 만큼 기운이 넘쳤다. 곳곳에 달린 대형 스피커가 차가운 지하 공기를 때리며 그의 말을 거대하게 증폭했다.

"아니요!"

2만 5000명의 사람들이 조금의 흐트러짐도 없이 대답했다. 이 많은 신도들은 지금까지 도대체 어디에 숨어 있었던 걸까? 눈앞의 광경에 압도된 세나는 골고다교가 3류 사이비 종교에 불과하다는 옛 생각을 버릴 수밖에 없었다.

"그래서 우리는 아직 그분을 진정으로 맞이하지 못한 것입니다! 우리가 준비가 되지 않았기에, 재림 예수께서는 다시 잠드신 것입니다! 사탄의 유혹에 넘어간 자들과 이단을 숭배하는 자들이 예수의 고귀한 몸을 사고 팔았습니다. 그리고 이젠 마귀에 사로잡힌 나라가 예수 그리스도의 몸을 세상으로부터, 그리고 우리로부터 감추고 있습니다. 하지만 어찌 우리가 사탄과 이단과 마귀만을 탓하겠습니다. 모든 것이 바로 우리가 죄인이기 때문입니다. 우리의 죄가 재림 예수를 환영하기는커녕, 사망의 골짜기로 쫓아낸 것입니다!"

수만 명의 아멘 소리가 쏟아지는 가운데, 세나는 정말 자기가 여기 있는 의미가 있는지 궁금했다. 세나가 있는 새신도 자리는 가장 뒤편 좌석, 그것도 3층이었기 때문에 너무 멀어서 제대로 보이는 것이 없었다. 게다가 조명은 무대와 단상에만 몰려 있어 좌석 쪽은 너무 어두웠다.

세나의 뒷자리에 앉은 페이가 말했다.

"마법을 상습적으로 사용하는 사람은 주변 풍경을 흐리게 만들어요. 사진에서 한 사람만 또렷하게 보이고, 그 주변 사람들은 초점이 흐려 보인다고 생각하면 돼요. 그리고 마법을 자주 많이 사용한 사람일수록, 흐려지는 영역이 넓어져요."

"하지만 너무 멀고 어두워서 구분이 안 돼요. 흐려 보여도 이게 마법 때문인지 눈이 나빠서 그런 건지 구분이 안 되고."

세나의 말에 페이가 세나의 어깨에 손을 얹었다. 페이의 묘한 거리감에 세나는 도무지 익숙해질 수가 없었다. 페이는 이 행사의 내부 문건처럼 보이는 종이를 반대편 손에 들고 있었다.

"조금 있으면 무대에서 스포트라이트가 오른쪽부터 신도들 머리 바로 위를 지나갈 거예요. 강한 조명이 스캔하는 것처럼 반대쪽 끝까지 신도들 모두를 훑을 예정이에요. 신도 중에 마법 사용자가 있다면 빛이 굴절하는 것처럼 어두워졌다가 밝아지는 곳이 있을 겁니다. 그걸 찾으면 돼요. 대략적인 위치를 알려 주면, 그 안에 용의자가 있는지 알아볼 겁니다."

역광은 유명한 집단 최면 수법 중 하나였다. 연설자 뒤에서 눈부신 역광이 비치면서 주변 사람들은 실루엣만 남기고 존재감이 사라진다. 그 사이로 주황색 빛이 흘러나오면 마치 영적인 경험을 하는 것처럼 느껴진다는 것이었다.

세나는 군중을 다루는 데는 최면이 있을 수밖에 없다고 생각했다. 그렇지 않고는 지금 눈앞에 있는 2만 명이 넘는 사람들의 이성을 잃은 열기를 이해할 수 없었다.

"우리 모두 일어서서, 두 손을 하늘 높이 들고, 기도드립시다! 저 하늘에 계신 우리 아버지와 저 차가운 가람 땅에서 사탄의 무리에게 고난을 받고 계신 재림 예수께! 함께 기도드립시다! 우리의 믿음과 소망과 사랑을 봉헌합시다!"

다시 수만 명의 아멘. 그리고 이어지는 통성 기도. 수만 개의 목소리가 섞이면서 기묘한 공기의 진동이 울려 퍼졌다.

때가 왔다. 전체 조명이 꺼지고, 무대에 설치된 오렌지색 스포트라이트가 고개를 들었다. 강렬한 빛줄기가 사람들 머리 위를 훑고 지나가기 시작했다. 세나는 손바닥으로 오른쪽 눈을 가렸다. 왼쪽 눈을 크게 뜨고 빛줄기의 움직임에 집중했다.

빛줄기가 전체의 5분의 1을 지났을 때, 박영이 소리쳤다.

"뭐야, 저거? 진행에 없던 건데?"

세나는 박영이 바라보는 곳을 향해 고개를 돌렸다.

안개였다. 신도들 머리 위로 짙은 안개가 흐르고 있었다. 안개는 순식간에 퍼져 나갔고, 스포트라이트의 빛줄기는 안개와 만나자 직진성을 잃고 뿌옇게 산란을 일으켰다. 이대로는 아무것도 찾을 수 없었다.

"의도적이야. 누가 우릴 방해하고 있어."

페이가 스마트폰을 빠르게 만지작거리며 말했다.

"안개는 행사 계획에 없어. 변경 소식도 없었고, 무대 효과 쪽 담당자는 연락이 안 되고. 누군가 일부러 예정에 없던 안개를 뿌린 거야."

"저기, 전 그럼…?"

"세나 씨, 정보가 새어 나간 거 같아요. 일단 여길 나갑시다."

페이가 세나의 손목을 잡고 당겼다.

"아, 잠깐, 천천히 가요! 이거 위험한 건가요?"

페이는 입을 열지 않았지만, 그것만으로도 세나에겐 충분한 대답이었다. 여기서 나가야 한다. 그러고 보니 새 신도 자리는 입구에서 가장 멀었잖아! 세나의 마음이 다급해졌다. 입구를 통과해 이곳까지 온 과정을 떠올렸다. 복잡한 미로를 통과하는 것만 같았다.

다급함의 이유가 달라지는 것은 순식간이었다. 익숙한 붉은 빛이 주변을 맴돌았다. 마법이다. 누군가 이곳에 마법을 쓰고 있다.

붉은 빛은 세나 주변의 사람들을 서너 명씩 차례로 어루만지며 다가왔다. 무언가를 찾고 있었다. 저 붉은 빛에 닿아서는 안 된다는 확신이 세나의 발걸음을 재촉했다.

페이와 박영 모두 세나를 붙잡고 복도로 빠져나갔다. 세나는 끌려가면서도 뒤따라오는 붉은 빛을 살폈다.

"빛이… 붉은 빛이 따라오고 있어요!"

세나가 말했다.

"빛이 어디까지 왔죠?"

페이가 예상하고 있었다는 듯 돌아보지 않고 물었다.

세나는 대답하지 못했지만, 굳이 대답이 필요하지는 않았다.

세 사람의 몸이 공중에 떠오르더니 그 자리에서 사라졌다. 진공을 메우는 바람소리만이 그곳에 남았다.

◆

세나가 떨어진 곳은 콘크리트 바닥 위의 물웅덩이였다. 세나는 고인 물의 고약한 냄새를 맡으며 몸을 일으켰다. 주변을 살피니 그곳이 사용되지 않는 전철 승강장이란 걸 알 수 있었다. 주변에 조명은 없었지만 은은한 파란 빛이 주변을 메우고 있었다. 빛이 너무 약한 나머지 그림자조차 생기지 않았기에 입체감이 전혀 없는 기묘한 광경으로 다가왔다.

"세나 씨, 괜찮아요?"

박영이었다. 한쪽 다리를 절고 있었다.

"전 괜찮아요."

세나는 페이를 찾아 고개를 돌렸다. 페이는 승강장 기둥에 몸을 기대고 선 채 눈을 크게 뜨고 허공을 응시했다. 세나는 굳이 그에게 안부를 묻지 않기로 했다.

"세나 씨, 제가 보이나요?"

페이가 물었다.

"네. 거기 서 있는 게 보이네요."

"저나 박영은 지금 아무것도 안 보입니다. 적응도 되지 않는 걸 보니, 여긴 빛이 전혀 없는 곳 같아요."

"네?"

세나는 다시 박영을 돌아봤다. 양팔을 앞으로 뻗어 조심스럽게 다가오고 있었다. 아무것도 보이지 않는 게 분명했다.

"그럼 스마트폰으로…."

"제 폰은 죽었어요. 전원이 들어오질 않네요. 아마 세나 씨도 마찬가지일 겁니다."

박영의 말에 세나는 주머니에서 스마트폰을 꺼냈다. 전원을 끈 기억이 없었지만, 꺼져 있었다. 그리고 전원이 다시 들어오지도 않았다.

페이도 세나를 향해 다가왔다. 세나의 목소리를 따라오는 것이었다.

"지금 앞을 볼 수 있는 사람은 세나 씨밖에 없어요. 마법사의 눈으로 이런 것도 가능할 줄은 몰랐지만… 어쨌거나 다행이네요. 여기서 나갑시다. 또 우릴 어디로 날려 버릴지 몰라요. 세나 씨, 우릴 인도해 줘요."

두 사람이 세나의 어깨에 손을 얹자 세나는 일단 걷기 시작했다. 눈앞에 위로 올라가는 계단이 보였다. 세나는 계단으로 향했다.

"우릴 날려 버려요? 누가 우릴 여기로 보낸 거죠? 아니, 도대체 무슨 일이 일어난 거예요? 텔레포트 같은 거?"

"맞아요. 텔레포트 같은 거죠. 하지만 우리도 이런 건 몰랐어요."

"도대체 당신들 알고 있는 게 뭐죠? 학교 마법 동아리 도 이거보단 잘 알겠네."

"완전히 우리 실수니 할 말이 없네요."

페이의 목소리에서 힘이 빠지는 건 처음이었다. 세나는 긴장을 잊기 위해 계단을 오르며 계속 말을 했다.

"온갖 협박이란 협박은 다 하더니, 뭐든 다 할 수 있는 것처럼 얘기하더니, 이젠 마법 쓰는 살인범에게 쫓기고 있는데, 지금 당신들은 방금 일어난 일에 대해 영문도 모르고, 제 어깨에 손이나 얹고 있네요. 행정기구는 무슨 개뿔. 이봐요, 박영 씨, 어깨 주물럭거리지 마요. 가랑이 를 걷어차 버리기 전에."

"아니, 저, 그게 아니고… 무슨 소리가 났는데."

상황을 모면하기 위한 화제 바꾸기 같았지만, 소리가 들린 건 사실이었다. 누가 있는 걸까? 세나는 계단 위를 올려다봤다.

사람이 있었다.

안개라도 깔린 듯한 희뿌연 배경을 뒤로 하고, 머리끝부터 발목까지 오는 로브를 입은 사람의 모습이 뚜렷하게 보였다. 세나는 순간 스타워즈의 제다이 코스프레를 한 오타쿠를 떠올렸지만, 곧 현실을 직시했다. 마법을 사용하는 자다. 굳이 마법사의 눈이 없어도, 장소와 복장이 스스로 그렇게 말하고 있는 것 같았다.

"방향을 말해 줘요."

"정면, 당신한텐… 1시 방향."

페이의 속삭임에 세나는 침착하게 대답했다. 페이는 세나의 어깨에서 손을 내리더니 허리 뒤에서 권총을 꺼냈다. 조준과 동시에 세 번의 총성과 섬광이 계단을 타고 올랐다. 페이는 한 번 쏠 때마다 총염의 빛으로 목표를 재조준했다.

세나는 페이의 빠른 움직임과 망설임 없는 행동에 놀랐지만, 무엇보다 총알이 날아오는 데도 그저 로브를 조금 펄럭일 뿐인 폐역의 제다이에 경악했다. 총알을 낭비했다는 걸 깨달은 페이는 그저 총구 위치를 유지하고 있을 뿐이었다.

제다이가 고개를 들었다. 어둠 속에서 그의 오른쪽 눈이 빨갛게 빛나고 있었다.

"당신, 그분의 눈을 가지고 있군."

세상에, 내 눈을 뽑을 생각인 거야. 세나는 뒷걸음질을 치다가 발을 헛딛고 계단을 굴렀다.

폐역의 제다이가 계단을 내려오기 시작했다. 페이가 발소리를 향해 다시 세 번 발포했지만, 여전히 로브가 조금 흔들릴 뿐이었다. 페이는 그 로브의 흔들림조차 보지 못했겠지만.

세나는 온몸을 찌르는 고통을 신음으로 견디며 일어섰다. 입안에서 쇳맛이 났다. 코피가 났거나, 입술이 찢어졌거나 둘 중 하나였다. 계단 위를 보니 제다이와 페이밖에 없었다. 오랜만에 험한 욕을 뱉으며, 세나는 망할 박영이라는 놈은 어디로 갔냐며 중얼거렸다.

불빛 한 줄기가 세나의 뒷편에서 뻗어 나오더니 제다이의 얼굴을 환하게 비췄다. 제다이는 눈이 부신 듯 고개를 돌렸다. 짧은 순간이었지만, 세나는 후드 아래에 감춰져 있던 오렌지색 얼굴을 볼 수 있었다.

그래, 제다이보다는 오렌지맨이라고 부르는 편이 낫겠어. 세나는 긴장을 조절하기 위해 일부러 가벼운 생각을 했다. 페이는 오렌지맨의 모습을 확인하고는 흔들림 없이 달려들었다. 오렌지맨은 의외로 맥없이 쓰러졌고, 페이의 주먹을 무방비하게 얻어맞았다.

"당신은 어딜 갔다가… 그건 어디서 난 거예요?"

페이가 박영이 들고 있는 손전등을 보며 물었다.

"비상용 손전등. 계단 근처라면 어딘가 있을 것 같아서 벽을 짚으며 찾아봤죠. 왜, 도망이라도 간 줄 알았어요? 조명 역할 좀 해 줘요."

박영은 손전등을 세나에게 건네고, 코트 안에서 두꺼운 케이블타이를 두 가닥 꺼내서 재빠르게 계단을 올랐다. 페이가 오렌지맨의 몸을 뒤집자, 박영은 지체 없이 팔을 뒤로 꺾어 케이블타이로 감았다. 그리고 오렌지맨의 손목이 비틀어질 만큼 단단하게 조였다.

"마술쇼라도 벌이려고 했나, 이 망할 새끼."

박영이 오렌지맨의 귓전에 대고 말했다. 페이와 박영은 오렌지맨을 일으키고 후드를 내렸다. 세나는 계단을 오르며 오렌지맨의 얼굴에 빛을 비췄다.

세나는 자기도 모르게 중얼거렸다.

"세상에, 이런 미친놈이⋯."

손전등 빛 아래에서 드러난 건 투명한 오렌지색 가면을 쓴 얼굴이었다. 하지만 가면이라기엔 기괴했다. 가면은 피부처럼 얼굴에 들러붙어 있었고, 가장자리는 녹아내린 피부와 플라스틱이 서로 섞이고 있었다. 얇은 플라스틱 아래로 팔딱이는 혈관마저 보였다.

"당신이⋯."

오렌지맨이 입을 열었다.

"당신이 그분께 선택받은 자인가?"

"뭐?"

세나는 이번에도 자기도 모르게 대답했다.

"그분이 후대를 위해 선택한 것이 당신인가?"

세나가 오렌지맨의 말을 이해하기 위해 고개를 갸우뚱하던 사이, 페이가 주머니에서 작은 스프레이 캔을 하나 꺼내 오렌지맨의 얼굴에 뿌렸다. 오렌지맨은 그대로 눈을 감고 축 늘어졌다. 마취제였다.

페이는 거기서 멈추지 않고, 코트 주머니에서 철제 케이스를 하나 꺼냈다. 그 안에는 약물이 채워진 주사기가 있었다. 페이는 오렌지맨의 목에 주사기를 찌르고 피스

톤을 눌렀다.

"이 녀석이 마법을 쓴다는 건 이제 확실하니까, 단단히 재워 둬야 해요. 그리고 대화하지 마요. 아직 마법사의 몸으로 어디까지 가능한지 모르니까."

페이가 오렌지맨의 상태를 확인하는 동안, 박영은 로브를 벗겨 자기 허리에 묶었다. 로브 아래에는 매우 평범한 검은색 터틀넥 스웨터와 청바지가 있었다. 박영은 오렌지맨의 청바지 주머니에서 스마트폰을 꺼냈다. 버튼을 아무거나 누르니 화면이 들어왔다. 살아 있었다.

"손가락 좀 빌리지."

페이가 오렌지맨의 팔 하나를 들어 박영에게 건넸고, 박영은 엄지손가락 하나를 집더니 스마트폰의 버튼에 대고 눌렀다. 스마트폰은 지문을 읽더니 잠금을 풀었다. 21세기의 마법쟁이는 지문 인식 스마트폰을 들고 다니는군. 세나의 얼굴에 묘한 웃음이 떠올랐다.

"지금 우리 위치는… 교회 안내 비콘이 정확하다면 부활의 전당 바로 아래. 여길 처음 만들 때 가장 아래에 역을 지었다고 했으니, 우린 지금 최하층에 있는 거네. 이놈 끌고 어떻게 올라가나."

박영은 스마트폰 화면을 쉬지 않고 만지작거렸다. 다

시 잠기지 않도록 하면서, 그 안에 들어 있을지 모를 범죄 관련 정보를 찾고 있었다.

"어쨌거나… 이제 제 할 일은 끝난 거죠? 살인범한테 쫓길 뻔하고 순간이동까지 당했지만, 생각보단 간단하게 끝난 거 같네요. 그놈을 끌고 가든 업고 가든 그건 당신들 할 일이고."

"아직 단독범이라는 증거는 없어요. 게다가 이놈이 그 연쇄 살인범이라는 확신도 아직 없고."

페이가 담담하게 말했다. 세나는 페이가 한 치의 망설임도 없이 총의 방아쇠를 당겼다는 걸 기억하고 있었다. 범인이라는 확신도 없이 방아쇠를 당겼다니. 페이에 대한 의구심이 조금 더 커졌다.

"여기서 나가야 해. 당장."

박영이 말했다. 박영은 스마트폰을 페이에게 건넸다. 페이는 스마트폰을 받더니 두 손가락으로 확대와 축소를 반복했다. 세나도 그 옆에 다가가 화면을 확인했다.

거대한 건물의 평면 설계도를 찍은 사진이었다. 부활의 전당이었다. 설계도 위에는 빨간색 펜으로 표시된 곳이 여러 군데 있었다. 각각의 표시 아래에 무언가 쓰여 있었지만, 세나가 읽기도 전에 페이가 화면을 꺼 버렸다.

페이는 주머니칼을 꺼내더니 오렌지맨의 왼손 엄지손가락을 잘랐다. 세나는 입을 가리며 짧은 비명을 질렀고, 박영은 인상을 찌푸렸다. 페이는 옷의 일부를 잘라 오렌지맨의 왼손과 엄지손가락 절단부를 대충 압박해 묶었다.

"이놈은 여길 폭파할 생각이에요. 타이머는 이미 움직이고 있는 거 같고, 우리가 막을 수 있는 규모가 아니에요. 여기서 나갑시다. 부활의 전당 천장과 바닥이 무너질 거예요. 올라갈 게 아니라, 내려가서 철도 터널을 따라가야 해요."

페이와 박영이 오렌지맨의 팔을 어깨에 걸치고 빠르게 걷기 시작했다. 세나도 엉겁결에 따라가긴 했지만, 상황을 쉽게 받아들이지 못했다. 살인범한테 텔레포트까지 당했다가 겨우 잡았는데, 여기가 무너진다고? 2만 5000명이 모여 있는 장소가? 세나는 숫자가 나오자 다시 정신이 번쩍 들었다.

"잠깐, 위에 있는 신도들은 어떡해요?"

세나가 물었다. 하지만 페이와 박영 두 사람 모두 대답하지 않았다.

"폭탄은 언제 터지는 거죠?"

다시 침묵.

"대답해."

침묵.

"대답하라고!"

세나의 왼쪽 눈이 빛나면서 승강장 전체가 붉게 변했다. 페이와 박영, 그리고 오렌지맨의 몸이 충격파에 떠밀려 철로 반대편 벽까지 날아갔다.

하지만 그들이 서 있던 곳 주변에서는 먼지 입자 하나 흩어지지 않았다. 공기와는 전혀 무관한 무언가가 움직인 것이었다. 세나는 잠시 말을 잃고 있다가, 재빨리 철로로 내려갔다.

"괜찮아요? 아니, 저도 모르게, 저도 몰라요. 제가 뭘 한 거죠?"

박영이 신음을 내며 일어났다. 이마 한쪽이 찢어졌지만 심하지는 않았다. 페이는 일어나자마자 오렌지맨의 상태를 살폈다. 오렌지맨은 여전히 깊이 잠들어 있었다.

"아무래도 좀 더 고분고분한 사람한테 눈을 줬어야 했던 것 같네요."

박영이 말했다. 이 새끼를 진짜 걷어차 버려야 하나. 세나는 박영을 노려보며 생각했다.

"그 설계도 메모를 믿는다면 20분 정도 남았어요."

페이가 말했다. 그는 다시 박영과 함께 오렌지맨의 팔을 어깨에 걸치고 걷기 시작했다.

"그럼 경고를 해서 사람들을 피난시켜야죠!"

"쓸데없는 짓이에요. 패닉에 빠진 2만 5000명이 지하 8층에서 20분 안에, 그것도 계단으로 피난할 수 있을 거 같아요? 게다가 책임자들 설득하는 데 필요한 시간까지 생각하면 남은 시간은 10분 남짓이에요. 무립니다. 우린 아무것도 할 수 없어요. 우리가 나갈 시간도 부족해요."

"2만 5000명이라고요! 내 눈앞에서 사람들이 죽어 가는 걸 또다시 보고 싶지 않아요! 전 역사 교과서에 최악의 재난을 방치한 사람으로 기록되고 싶진 않다고요!"

페이가 발걸음을 멈추더니 뒤돌아 세나의 눈을 바라봤다. 세나는 말을 멈췄다.

페이가 말했다.

"그래서, 당신이 구할 수 있나요? 그렇게 영웅으로 신문과 교과서에 실리고 싶나요? 당신이 할 수 있는 건 없어요. 저 위에 있는 2만 5000명의 운명은 이미 결정됐어요. 저 사람들은 이미 물리적으로 죽은 거나 마찬가지예요. 그리고 우리가 여기 있었다는 건 지금 아무도 몰라요. 당신이 여기 남아서 뭘 하든 몇 시간 뒤엔 그저 찢겨

나간 팔다리만 발견되어서 신원 미상 시체로 기록되겠죠. 그럴 거면 당신 눈알이나 돌려주고 가요."

세나는 하려던 말을 잊었다. 편집장은 내가 여기 있다는 걸 알고 있을 텐데. 최하층이라면 시체가 발견되기만 해도 다행이긴 하지. 하지만 중요한 건 이게 아니라는 건 세나도 알았다. 지금 페이가 지키려고 하는 건 세나가 아니라 마법사의 눈이다.

"그거군요. 증거를 남기지 않기 위해. 폭발이 행정기구와 얽히지 않도록 하기 위해."

"세나 씨, 제발. 잘 들어요. 지금 우리는 폭발을 막을 수 없어요. 사람들을 구할 수도 없고요. 하지만 이런 일은 결코 한 번에 끝나지 않아요. 분명 다음 테러도 있을 거라고요. 그리고 그 중요한 단서가 지금 우리 손에 있어요. 이 오렌지 가면과 이 녀석의 스마트폰. 이게 있으면 앞으로 일어날 다른 사건을 막을 수 있을 거예요. 우리가 여기서 빠져나가지 못해서 막지 못한 사건 때문에 희생될 사람들을 생각해 봐요."

"하지만 전화 한 통이면… 모두를 구할 수는 없겠지만 발빠르게 계단을 오른 몇 명이라도 살아남을 수 있잖아요. 지상 근처까지만 올라가면 구조받을 가능성이라도 높아지잖아요!"

세나의 목소리가 높아졌다. 페이는 깊게 한숨을 쉬더니 고개를 저었다. 그리고 박영을 바라봤다. 박영은 페이의 눈을 잠깐 보더니 입을 열었다.

"세나 씨, 저 좀 봐요."

"네?"

세나가 박영을 향해 고개를 돌리자마자, 페이가 세나의 얼굴에 마취 스프레이를 뿌렸다.

*

유세나는 사막 한가운데에 놓인 넓은 금속 길을 걷고 있다. 사막 너머의 지평선에는 서로 다른 각도로 기울고 무너진 건물들의 어두운 윤곽이 보인다. 한때는 세계를 뒤덮었던 것이었으나 지금은 과거의 초라한 흔적일 뿐이다.

유세나의 몸이 잠시 균형을 잃는다. 바닥을 자세히 보니 평탄한 길이 아니다. 양옆이 아래로 휘어져 있다. 길이 아니라 길고 거대한 금속 터널 위를 걷고 있는 것 같다. 왠지 익숙한 대상이다. 하지만 어디서 봤는지는 당장 기억나지 않는

다. 곧 떠올리게 될 것이다.

그리고 이것이 세상을 구할 수 있음을 유세나는 깨닫는다.

◆

세나는 눈을 떴다. 이해할 수 없는 꿈을 꾼 것 같지만 기억이 나지 않았다. 차가운 금속 바닥 위를 걸은 감각이 떠오른다. 하지만 그뿐이다. 더 많은 것을 떠올리려고 할 틈도 없이 어깨 위로 주먹만 한 콘크리트 파편 하나가 떨어졌다. 세나는 소리를 지르며 정신을 차렸다. 몸은 여전히 움직이지 않았다. 무슨 일이 있었는지 떠올린 세나는 험하고 걸쭉한 욕을 쏟으며 자신을 업고 있는 페이의 목덜미를 힘껏 깨물었다. 페이는 화를 참는 것처럼 소리를 질렀다.

세나는 갈리지는 목소리로 소리쳤다.

"그딴 걸 한 번만 더 나한테 쓰면 진짜 죽여 버릴 거야, 이 개새끼가! 아니, 이미 썼으니까 여기서 나가면 가만 안 둬!"

"알았으니까 정신 차렸으면 직접 뛰어요."

페이는 세나를 옆으로 냅다 던졌다. 세나의 몸은 먼지 바닥에 그대로 털썩 떨어졌고 세나는 다시 한 번 욕을 뱉었다.

"아, 몸은 아직 깨어나지 않았나 보네요. 미안해요. 조금은 움직일 수 있겠어요?"

페이가 미안한 듯 갑자기 태도를 바꾸고 세나를 부축하며 일으켰다. 세나는 주변을 둘러봤다. 철로 터널이 간헐적으로 진동했고 갈라진 천장에서는 파편이 조금씩 떨어졌다. 부활의 전당은 이미 무너졌고, 그곳과 연결된 공간들이 연쇄적으로 붕괴되고 있는 것 같았다. 하지만 여기는 아직 무너지지 않았다. 일단 당장 죽을 것 같지는 않다는 생각이 들었다.

뒤를 돌아보니 박영이 리어카를 끌고 있었다. 박영은 비틀거리는 세나를 보며 눈인사를 했다. 여전히 재수 없는 눈빛이었다.

"미안해요. 리어카 특등석은 오렌지 얼굴이 먼저 예약해서."

박영은 그렇게 말하며 뒤에 있는 리어카를 가볍게 찼다. 리어카에는 오렌지맨이 끈에 묶인 채 실려 있었다. 리어카 뒤로는 떨어지는 파편과 먼지 때문에 터널의 끝이 보이지 않았다. 페이가 함께 뒤를 보다가 말했다.

"얼른 움직이죠. 아직 붕괴가 이어지고 있어요. 여기도 곧….."

페이가 말을 끝내기도 전에 천장이 무너지며 사람 머리만 한 파편들이 쏟아졌다. 페이는 세나를 감싸며 몸을 벽에 밀어붙였다. 파편 하나가 페이의 어깨를 때린 충격이 세나에게도 전해졌다. 페이는 이를 깨물고 신음을 참고 있었다. 주변을 덮은 먼지 때문에 박영과 리어카는 보이지 않았다.

"괜찮아요?"

페이가 물었다.

"아, 씨발."

"괜찮은 거군요."

그럴 리가. 누구 덕분에 제대로 서 있지도 못하는 건데. 세나는 페이를 노려보기 위해 고개를 돌렸다. 페이는 바닥에 주저앉아 있었고 팔 하나가 커다란 콘크리트 덩어리에 깔려 있었다.

"전 괜찮아요. 팔이 부러지진 않았어요. 대신 팔을 뺄 수가 없네요."

세나는 괜찮냐고 물은 적 없다며 받아치고 싶었지만

그럴 상황은 아니라는 걸 떠올리고 입을 다물었다. 어디선가 물이 흐르는 소리가 들렸다. 엄밀하게는 물이 쏟아지는 소리였다. 수도관이 터진 게 분명했다. 그리고 무언가 타닥거리는 소리. 물건이 타는 소리가 아니었다.

스파크 튀는 소리. 더러운 물과 갈 길 잃은 전기라니. 조화롭기 그지없네. 세나는 자기 발밑이 젖어 있지 않다는 사실에 일단 안심했다. 주변을 둘러싸고 있던 먼지가 사라지기 시작하면서 뒤집힌 리어카 앞에 선 박영이 보였다. 먼지가 완전히 사라지자 반대편 벽에 몸을 기대고 앉아 세나를 노려보는 오렌지맨의 모습이 나타났다.

"뭐가 보이죠? 전 아무것도 안 보여요. 손전등 찾을 수 있겠어요?"

페이는 허공을 둘러보며 몸을 세우려고 했지만 깔린 팔 때문에 움직일 수가 없었다.

"당신 파트너가 좀 이상한데요."

세나의 말이 끝나자마자 박영이 세나를 향해 손전등 불빛을 비췄다. 손전등 불빛 너머에서 오렌지맨은 세나의 눈, 그가 손에 넣고자 하는 것을 바라보며 말했다.

"저 여자의 눈만 가져오면 모든 게 해결된다."

"원래 이럴 생각은 없었는데."

박영은 기다란 한숨을 뱉었다. 세나는 박영이 무슨 짓을 하려고 하든 결코 자신에게 좋은 일은 아니라는 걸 알았다.

"그럴 생각 없으면 하지 마요."

세나는 일단 피하려고 했지만 몸이 말을 듣지 않았다. 발로 바닥을 차면서 몸을 조금 밀 수는 있었지만 일어설 수는 없었다.

"박영, 뭐 하려는 거야?"

페이가 물었다. 박영은 인상을 잔뜩 찌푸리며 고개를 흔들었다.

"유철이가 살아 있다는 거 알아."

유철이가 누군데? 세나는 페이를 바라봤다.

"어떻게 안 건지는 모르겠지만, 죽은 거나 마찬가지야."

그러니까 유철이가 누구냐고. 세나는 다시 한 번 바닥을 찼다. 여전히 벽에 몸을 기댄 상태지만 그래도 상반신을 제대로 세우자 시야가 좀 더 넓어졌다. 뚫려서 먼지가 떨어지는 천장과 바닥을 구르는 파편들, 반대편 벽에서 흘러나오는 물줄기, 바닥을 구르며 타닥거리는 전선들이 보였다. 어느 것도 유철이의 정체를 짐작하는 데는 도움이 되지 않았다.

"넌 비밀이 너무 많아, 페이."

"모두를 위한 거야. 적당히 해, 박영."

페이는 자유로운 손으로 뭔가를 찾는 것처럼 주변을 더듬거렸다. 세나에겐 2미터 떨어진 곳에 있는 페이의 권총이 보였다.

"죽을 뻔한 동료 몸으로 이식 실험하는 것부터가 적당히 하는 게 아니지. 면역 억제제가 어떻게 만들어지는가 했더니."

페이는 입을 다물었다. 어제부터 누군가의 침묵만큼 세나를 열받게 하는 게 없었다.

"씨발, 그러니까 유철이가 누구냐고? 저 오렌지 새끼가 눈도 뜬 마당에 도대체 무슨 얘기를 하고 있는 건데?"

세나가 외쳤다. 왼쪽 눈이 짧게 반짝이며 주변이 진동했다. 짧은 정적이 주변을 감쌌다.

오렌지맨이 기분 나쁠 만큼 침착한 목소리로 말했다.

"지금이 기회다. 마법도 결국은 몸의 확장. 몸을 쓰지 못하면 마법도 제대로 쓰지 못한다."

세나는 몸이 멀쩡해도 마법을 쓸 줄 몰랐지만 지금 상황에 별로 도움이 되는 사실은 아니었다. 오렌지맨은 세나의 눈을 다시 바라보며 말을 이었다.

"지금 눈을 꺼내야 해."

미친 새끼.

"당신 후배를 살릴 수 있는 마지막 기회다."

아. 유철이는 박영의 후배군. 눈을 뽑혀서 죽었다고 했던 그 녀석. 그런데 아무래도 사실 살아 있는 것 같다. 아니, 아직 죽지는 않았다. 그리고 박영은 지금 그 후배를 살리기 위해….

개새끼.

"미안해요, 세나 씨. 저도 거래상이 저 녀석일 줄은 몰랐어요."

"거래상이요?"

"마법사의 뇌 조각이 있으면 뇌사자를 살리는 게 가능하거든요."

"마법사의 뇌를 먹으면 죽은 뇌가 살아난다고요? 그걸 진짜로 믿는다고? 행정기구에서 일한다는 사람이 그런 걸 믿어요? 미치겠어, 정말. 진짜 어이가 없네."

세나는 발로 힘껏 바닥을 밀며 벽에 닿은 등을 조금씩 위로 올렸다. 엉덩이가 바닥에서 조금 떠올랐다.

"행정기구에 있으니까 아는 거예요. 마법사의 몸에 대한 이야기 대부분은 헛소리지만 가끔 정말 효과가 있는 게 있거든요. 당장 세나 씨 눈에 있는 각막만 해도 그렇죠. 원래 일이 끝난 다음에 각막을 회수해서 좀 여유롭게 거래를 할 생각이었는데…. 일이 참 이렇게 꼬일 줄은 몰랐네요. 정말 미안해요. 해치고 싶진 않았어요. 하지만 지금밖에 기회가 없네요. 마법사의 뇌는 정말 귀하거든요."

박영이 한 걸음 다가왔다.

"이런다고 유철이를 살릴 수 있는 건 아니야."

페이가 말했다.

"살릴 수 있고 말고. 너 같은 잡종은 모르는 세계가 있어. 바닥에서 기어오른 녀석에겐 보이지 않는 풍경이지."

박영은 손전등으로 주변을 살피더니 바닥에 떨어진 금속 조각 하나를 주워 들었다. 뚝뚝 떨어지는 물기를 바지에 문질러 닦아 내고는 자기 손가락 끝을 살짝 찔러 보며 단단한지 확인했다. 그걸로 뭘 하려는지 세나는 충분히 짐작하고도 남았다.

벽에 기댄 상태로 50센티미터 정도 일어선 세나가 말했다.

"거기 잠깐만 서 봐요."

"시간이 별로 없어서 말이죠."

박영이 손전등 빛을 세나의 얼굴에 직접 비추자 세나

는 몸을 옆으로 던졌다. 하지만 곧 철퍼덕 소리를 내며 바닥에 엎어졌다. 생각보다 심한 고통에 세나는 신음을 뱉었다. 박영은 그 모습을 보며 안타깝다는 듯 한숨을 쉬었다.

"마취제가 있기는 한데 그게 페이한테 있어서요. 가져올 수가 없네요."

"이봐요, 박영 씨."

"이제 그만하죠."

"신발 젖었어요."

세나는 어둠 속에 숨어 있던, 하지만 왼쪽 눈이 선명하게 보여 주고 있던 전선을 집어들어 박영의 신발이 잠긴 물웅덩이를 향해 던졌다.

주변이 새하얗게 변했다.

*

유세나는 동굴 안에 마련된 거처 안으로 뛰어들어와 가슴을 부여잡고 주저앉는다. 바깥에서 웅성거리는 소리가 들리자 유세나는 문을 닫아 잠근다.

동굴 속 임시 교실을 지나갈 때 한 아이가 부른 익숙한 멜로디 때문이었다. 천천히, 하지만 분명히 떠오르는 옛 기억에 유세나는 잠시 이성을 잃을 뻔했다. 오른쪽 뺨으로 눈물이 흘러내린다. 마침 거처 주변에 있지 않았다면 아이들 앞에서 부끄러운 모습을 보였을지도 모른다.

깨어난 건 기억이 아니라 그였을지도 모른다. 그는 분명 아직 살아 있다. 그날을 기다리면서.

유세나는 약속을 꼭 지키겠다고 다짐한다.

◆

세나는 다시 한 번 페이에게 업힌 채 정신을 차렸다. 어쩐 일인지 오른쪽 뺨이 젖어 있었다. 다시 꿈을 꾼 것 같지만 이번에도 기억이 나지 않았다. 낯설면서 익숙했던 감각만이 오른쪽 뺨에 남아 있었다.

고개를 들고 뒤를 돌아보니 의식이 없는 오렌지맨이 몸이 비틀어질 만큼 꽁꽁 묶인 채 바닥에 끌려오고 있었다. 마취제를 잔뜩 마신 듯, 몸이 여기저기 부딪히고 긁혀도 미동조차 하지 않았다. 그저 짐짝처럼 끌리고 있을 뿐이었다.

"내려 줘요. 걸을 수 있을 것 같아요."

세나는 페이의 등에서 내렸다. 이젠 몸을 제대로 움직일 수 있었다.

"박영은…?"

"묻지 말고, 알려고 하지도 마요. 당신은 해야 할 일을 했을 뿐이니까. 덕분에 살았어요."

페이의 말에 세나는 뒤를 돌아보지 않기 위해 목에 힘을 줬다. 등 뒤에서 2만 5000명의 모르는 사람들과 한 명의 낯익은 사람이 죽거나 죽어 가고 있다는 사실이 쉽게 와닿지 않았다.

페이가 세나의 등을 밀며 말했다.

"집중해요. 손전등으로 볼 수 있는 범위가 좁아요. 당신이 왼쪽 눈으로 앞에 장애물이 있는지, 길은 어디로 꺾이는지, 비상구 같은 건 있는지 살펴 줘야 해요. 2킬로미터 정도만 가면 잠실역이에요. 거기까지만 가면 돼요."

"네, 하루에 20만 명이 이동하는 역에서 기절한 오렌지맨을 끌고 잘도 빠져나갈 수 있겠군요."

세나는 의식적으로 냉소를 뱉었다. 그래야만 뒤에 두고 온 광경을 떠올리지 않을 수 있을 것 같았다.

"잠실역은 설계 변동이 많아서 사람들이 다니지 않는 길이 제법 있어요."

"그다음은? 몇 번 출구로 나가게요? 그 악마성 같은 초고층 빌딩으로 가려면 2번 출구로 나간다는 거 알아요?"

세나는 단어 하나하나를 비꼬아 가며 말했다. 분노와 흥분이 모두 섞여 있었다.

"다시 지하로 내려가요."

"뭐라고요?"

페이는 언제나처럼 담담하게 대답했다.

"행정기구 연구실이 그 아래에 있어요."

"아뇨, 전 안 가요."

세나가 걸음을 멈추자 페이가 세나의 팔뚝을 붙잡고 앞으로 끌며 말했다.

"두 가지만 얘기하죠. 하나, 아직 붕괴가 이어지고 있어요. 그러니 이제 멈추지 마요. 둘, 당신의 눈은 이제 행정기구의 재산입니다. 그 자리에서 눈알을 뽑아 줄게 아니면 따라와요. 미리 말해 주는데, 넣는 건 쉽지만, 빼는 건 쉽지 않아요. 이미 당신 눈의 혈관과 신경에 뿌리를 내리고 있으니까."

박영의 미친 짓에 잠시 잊고 있었지만, 페이도 좋은 놈은 결코 아니었다는 걸 세나는 다시금 마음에 새겼다.

◆

　전철은 멈춰 섰고, 전철 문과 스크린도어는 활짝 열린
채 움직이지 않았다. 사람들도 움직이지 않았다. 역에 있
는 모든 사람들이 승강장 벽면의 모니터 주위로 밀집해
있었다. 평소라면 전철의 도착 안내와 광고를 하고 있을
모니터는 뉴스 속보를 보여 주고 있었다.

　「…이어지는 붕괴로 접근이 어려운 가운데, 신속한 구
조 작전을 펼치기 위해 소방 당국과 지자체, 경찰이 생존
자 수색과 의료 시설 확보를 서두르고 있습니다. 정확한
피해 규모는 파악되지 않고 있으나, 지하에 최대 3만 명
을 수용할 수 있는 제2골고다교의 예배당이 있었다는 사
실이 드러나면서, 해당 시설의 증축 및 안전 점검 과정에
문제가 없었는지에 대한 지적도 나오고 있는 상황입니다.
또한 연이은 폭발음을 들었다는 증언도 나오면서 테러의
가능성도 타진되고 있습니다.」

　전화기를 잡고 심각한 표정을 짓거나 흐느끼고 울부짖

는 사람들 사이로 오렌지 가면을 쓴 남자를 업고 가는 두 남녀에게는 아무도 신경 쓰지 않았다.

세나는 뉴스를 보고 싶은 마음을 참아야 했다. 자기가 조금 전까지 그곳에 있었다는 사실, 전화 한 통이라도 했다면 한 사람이라도 살릴 수 있었을지도 모른다는 사실을 직시할 수 없었다.

"저리로 들어가요."

페이가 계단 아래의 구석진 공간을 가리켰다. 계단 아래에는 청소용구함이라고 적힌 철문이 있었다. 페이가 철문의 키패드에 번호를 입력하자 소리 없이 문이 열렸다. 세나는 페이를 따라 안으로 들어갔다. 물품 창고 같은 길을 한참 이어지더니 엘리베이터가 하나 나왔다. 엘리베이터에 올라타자마자 문이 닫혔다. 내부에는 어떤 표시도 없어서 몇 층으로 가는지 알 수 없었지만, 빠르게 아래로 내려가는 것이 분명했다.

엘리베이터가 멈추고 문이 열렸다. 세나는 놀랄 수밖에 없었다. 행정기구라고 하면 다들 새롭게 성장한 권력 기관을 상상했었는데, 지금 눈앞에 펼쳐진 공간은 허름하기 짝이 없는 연구실에 불과했기 때문이었다. 처음 지어졌을 때는 최신 설비였을지 모르겠지만, 적어도 지금 세나가 보기엔 낡아 보였다.

"이런 데서 마법을 연구한다고요?"

오렌지맨을 업고 앞서가는 페이를 보며 세나가 물었다.

"우리가 마법사의 시체와 용을 확보하고 있기 때문에 그나마 이 정도 수준이라도 유지하고 있는 거죠. 예산 행정 대부분은 영국이 하고 있어요. 말하자면 거기가 본진이죠. 사실 우린 현장 직원에 가깝고. 애초에 저도 영국쪽에 직접 보고를 해요. 거기다 미국과 중국이 마법 연구 제한 따위로 견제를 걸어오고 있어서 쉽게 몸집을 키우지 못하고 있죠."

"당신들이 그렇게 형편없는 이유가 그건가요? 잘난 척은 잘도 하더니. 아, 근데 잠깐. 용이라고요?"

페이는 연구원 복장을 한 사람에게 오렌지맨을 전달하고는 박영에 대해 이야기했다. 연구원들은 씁쓸하게 고개를 끄덕였다. 페이는 오렌지맨의 스마트폰과 잘라 버린 엄지손가락을 연구원 한 명에게 건넸다. 연구원은 회색으로 변한 엄지손가락으로 스마트폰의 잠금을 풀고는 컴퓨터가 놓인 책상으로 갔다.

페이가 다시 세나를 향해 돌아섰다.

"오늘은 예상 외의 일이 너무 많았어요. 정보가 새어나갔고, 처음으로 텔레포트 마법을 목격했고, 오렌지맨은 방탄이었죠. 박영은 우릴 배신했고요. 그리고 당신은 완벽한 어둠 속에서도 앞을 볼 수 있었고, 어떤 힘으로 제 몸을 날려 버렸어요. 우린 당분간 세나 씨가 필요할 것 같습니다. 세나 씨를 여기까지 데려온 것도, 이곳을 설명해 주는 것도 그 때문이에요."

"거절하죠. 전 더 이상 엮이고 싶지 않아요. 그리고, 아까 뭐라고 했죠? 용이라고요?"

"이미 엮였어요. 게다가 이제 많은 일의 중심에 세나 씨가 서게 될 겁니다. 어떤 이유인지 모르겠지만, 마법사의 몸이 세나 씨의 몸과 지금까지 아무도 몰랐던 반응을 보이고 있어요."

"화제 돌리지 마요. 용이라고요? 아니, 몸이 반응한다는 것도 그냥 넘어갈 순 없지만!"

"용은 곧 만나게 될 겁니다. 만나야 해요."

연구원들이 오렌지맨의 몸을 십자가 모양 기둥에 묶었다. 그리고 갑옷처럼 생긴 검은색 플라스틱 조각을 오렌지맨의 몸에 입혔다.

세나는 플라스틱 조각의 표면에 아무것도 비치지 않고 그림자조차 없다는 걸 발견했다. 빛 흡수율이 아주 높다는 것이었다. 마치 깊이를 알 수 없는 검은색 구멍을 뚫어 놓은 것처럼 보였다. 작업이 끝나자, 세나는 오렌지맨의 주변이 더 이상 흐려 보이지 않는다는 걸 깨달았다.

"용의 알껍질로 만든 구속구입니다. 저걸 입고 있는 상태에서는 어떤 마법도 쓰지 못해요. 마법이 저걸 통과하질 못하거든요."

세나는 용 자체에 대해선 아무 정보도 주지 않으면서 계속 용을 언급하는 페이에게 짜증이 나기 시작했다. 스마트폰 문자 착신음이 울리지 않았다면 용에 대해 다시 재촉을 했을 것이다. 문자는 주하에게서 온 것이었다.

어디야? 오늘 출장이랬잖아.

세나 이름을 뉴스에서 보고 싶진 않아. 무사하면 전화라도 해 줘.

스마트폰은 언제 켜진 걸까. 첫 문자가 도착한 시간을 보니 두 시간 전, 그러니까 세나가 마취제에 잠들어 있을 때였다. 오렌지맨이 마법진이라도 쳐놓았던 걸까. 세나는 답장을 썼다.

괜찮아. 걱정하지 마. 일이 좀 길어져서 오늘은 늦을 거야. 너도 괜찮아서 다행이다.

전송하고 나서야, 세나는 주하가 또 반말을 썼다는 걸

깨달았다. 하지만 왠지 그대로 두고 싶었다. 잠깐, 주하는 자기가 괜찮다고 하지 않았는데, 괜찮아서 다행이라니. 세나는 스마트폰 모서리로 머리를 두드렸다. 돌아가면 주하에게 더 잘해줘야 할 거 같아.

세나는 스마트폰으로 뉴스를 살폈다.

"테헤란로-영동대로 완전 붕괴", "인근 대형 호텔 붕괴 위기", "사상자 1052명, 확인된 실종자 3121명", "지하 예배당에 골고다교 신도 1만 명 이상 고립 추정", "지하 매설 가스관 누출로 접근 어려워", "폭탄 테러 가능성", "2008년에 이은 제2의 크리스마스 재앙"

다리에서 힘이 빠졌다. 심장 박동 소리가 크게 들렸다. 구역질이 났다. 눈물이 흘렀다. 왜 내가 그곳에 있어야 했나. 왜 하필 내가 있던 곳에서. 왜 내 주변에서 사람이 죽어 나가고, 나는 또 도망치나. 15년 전도, 지금도. 크리스마스트리의 기억이 세나의 가슴을 찔렀다.

"유세나 씨, 용을 만날 시간입니다."

페이가 세나의 등에 손을 얹으며 말했다.

◆

"15년 전, 폭심지에서 가장 먼저 발견된 건 단단한 검은색 구체였어요. 직경이 2미터 정도였는데, 지금까지 존재했던 물질 중 가장 검은 표면을 가지고 있었죠. 그 주변에선 모든 종류의 전파가 차단됐어요. 마치 블랙홀처럼. 그걸 먼저 회수한다고 마법사 시체 발견이 늦어진 거였어요. 그거 하나로도 이미 충분한 골칫거리였으니까."

"그게 용의 알이었나요?"

세나가 물었다. 복도를 걷는 두 사람 뒤에서 연구원 둘이 오렌지맨을 실은 간이 침대를 밀며 따라왔다.

"네. 며칠 뒤 용이 알에서 깨어났고, 말을 했어요."

"웃기지 마요. 판타지 영화도 아니고. 그런 주둥이와 구강 구조로 말을 할 수 있을 리 없어요. 영화를 볼 때마다 얼마나 웃기던지."

세나는 웃지 않았다.

"당신이 생각하는 용과는 달라요. 그리고 굳이 입으로 말할 필요도 없고."

페이가 통로 벽을 두드리자 벽이 갈라지더니 양옆으로 움직였다. 통로는 곧 넓은 공간의 일부가 되었다. 그리고 그곳에 용이 있었다.

"저게… 용이라고요?"

주변에 있던 연구원들은 세나의 시야에 전혀 들어오지 않았다. 거대한 유리방 안에 대형 버스 크기 정도의 기묘한 동물이 있었다.

몸의 형태만 보면 상상 속의 용과 흡사했지만, 날개는 박쥐의 날개가 아니라 금붕어의 화려한 뒷지느러미 같았다. 대신 하늘하늘하지 않고 만지면 베이고 찔릴 것 같은 단단함과 날카로움이 있었다. 굵고 긴 목 위에는 수많은 가시가 돋아 있고 그 끝에 거대한 늑대의 머리가 있었다. 판타지 속 용과는 분명 달랐지만, 그렇다고 다른 단어가 떠오르지도 않았다.

그리고 무엇보다 몸의 대부분이 회색 털에 덮여 있었다. 세나가 페이를 돌아보며 말했다.

"피부병 걸린 이 트럭만 한 회색 병아리가 진짜 용이라고요?"

무례한 소녀다.

"뭐?"

용을 바라보는 세나.

무례하구나, 소녀.

용이 앞발을 짚고 일어서더니 목을 들어 올리고 고개를 내려 세나를 바라봤다.

그대를 위기에서 구해 줄 수 있는 건 오직 나뿐이다. 예의를 갖추어라.

용의 입은 움직이지 않았다. 페이가 다가오며 말했다.

"말했잖아요. 입으로 말할 필요는 없다고. 목에 진동판 같은 게 있어서 그걸로 말을 해요. 스피커처럼."

페이 위. 박영을 망설임도 없이 버리고 왔군.

"어쩔 수 없었어."

그리고 이 소녀는 마법사의 눈을 가지고 있고.

"근데 왜 용이 한국어까지 할 줄 아는 거죠?"

세나가 용을 향해 인상을 찌푸리며 물었다.

나를 처음 보고도 놀라지 않는구나, 소녀. 내게 너희 언어 따위는 벌레의 울음소리에 불과하다.

"두 가지만 이야기할게. 하나, 난 소녀 따위가 아니야. 둘, 거대한 병아리를 보고 놀랄 생각은 없어. 차라리 털복숭이 티렉스가 있다면 놀랐겠지."

세나는 일부러 반말을 했다. 페이도 반말을 하는데 자기가 그러지 않으면 페이보다 더 낮은 위치에 설 것 같기 때문이었다.

"그레이, 당신이 우리에게 얘기하지 않은 게 있는 것 같아. 마법사의 로브로 할 수 있는 일이라든가."

페이가 말했다. 회색 털이 있어서 그레이라고 부르는 거군, 세나는 용의 몸을 다시 한 번 살폈다.

모든 걸 적시에 이야기할 뿐이지.

"오늘 내가 본 일들에 대한 설명이 필요해."

"아니, 난 모든 일에 대한 설명이 필요해."

세나가 말했다. 페이가 팔로 세나를 뒤로 밀었다. 끼어들지 말라는 것이었다.

페이 위, 그 여자는 상황을 이해할 자격이 있다. 물러나라.

그레이가 유리 벽을 향해 다가왔다. 세나는 용의 눈을 한 번 보더니 페이의 팔을 치워 버리고는 용에게 향해 다가갔다.

"용이고, 마법사고, 도대체 어디서 온 거야? 15년 전 재난은 도대체 뭐고?"

나와 마법사는 놀라파시니에서 왔다. 나는 세상의 균형을 지키고 있었고, 거만한 마법사는 그게 마음에 들지 않았지.

◆

　놀라파시니는 말하자면 이세계, 그러니까 다른 차원의 세상이다. 인간과 다양한 제3의 종족들, 그리고 거대한 병아리를 닮은 용이 함께 어울려 살아가던 곳. 하지만 용은 작은 존재들의 일에는 간섭하지 않았다. 오랜 세월 동안 종족 간의 전쟁이 끊임없이 이어졌지만, 용은 그저 방관자였다. 종족 간의 파괴와 결합, 그리고 분리야말로 놀라파시니를 유지해주는 균형이기 때문이었다.

　하지만 어느 시점에서 마법사가 등장했다. 인간족이 고대 주술을 통해 부활시킨 것으로 생각하고는 있지만, 자세한 기원은 그레이도 모른다고 했다.

　마법사의 파괴력은 압도적이었다. 다른 종족들을 차례로 파멸시켰고, 마지막엔 자신을 부활시킨 인간들마저 공포로 지배하기 시작했다. 놀라파시니의 오랜 균형이 깨진 것이다. 용은 더 이상 방관할 수 없음을 깨닫고 마법사를 제압하기 위한 행동에 나섰다. 그렇게 용과 마법사의 싸움이 시작되었다.

　마법사는 용의 생각보다 훨씬 강력했다. 죽을 뻔하기도 했다. 용은 결국 인간들과 힘을 합쳤고 이윽고 마법사를 쓰러뜨렸다. 그것도 몇 번이나. 하지만 마법사는 죽음을 내다볼 때마다 후계자를 만들었다. 말이 후계자지, 사실상 새로운 몸으로 옮긴 것이었다. 그렇게 용은 수 세대의 마법사들과 싸웠고, 놀라파시니의 균형을 유지하기 위해 노력했다.

이변은 마지막 싸움에서 일어났다. 다시 성장한 다양한 종족들의 힘까지 빌려가며 마법사를 거의 제압했고, 후계자의 씨도 말려 버렸다. 이제 용의 눈앞에 있는 마법사가 마지막 마법사였다. 마지막 마법사만 사라지면 모든 게 끝난다. 용이 쓰러진 마법사를 향해 마지막 화염을 뿜으려고 할 때, 섬광과 함께 하늘과 땅이 갈라지고 세상이 어두워졌다. 용의 단단한 몸마저도 견딜 수 없는 거대한 폭발이 일어났다. 용은 살아남기 위해 스스로를 알로 환원해야만 했다. 그 폭발이 마법사가 일으킨 것이라면, 용의 알 속이 가장 안전하기 때문이었다.

그리고 알을 깨고 다시 세상에 나왔을 때, 그곳은 놀라파시니가 아니었다.

"그럼 마법사가 일종의 차원 이동 같은 걸 했고, 그 여파가 15년 전의 사건…."

세나가 말했다. 생각에 잠긴 듯, 세나의 눈에는 초점이 없었다.

두 가지 목적이 있었다. 다른 세상에서 새로운 후계자를 찾는 것. 그리고 공간이 찢어질 때 발생하는 충격으로 날 제압해 시간을 버는 것. 그대가 내 모습을 비웃을 수 있었던 것은 내가 아직 성장 중이기 때문이다. 완전히 성장하기 전엔 마법사를 상대할 수 없지만, 너희 인간 정도는 간단하게 제압할 수 있다.

거만한 병아리 같으니.

"그런 분이 왜 어항 속 금붕어 꼴이실까?"

세나의 물음에 페이가 앞으로 나오며 대답했다.

"이 위에 지어진 초고층 빌딩 최상층에 800메가와트급 레이저 시스템이 세 개 있어요. 지하까지 연결된 레이저 로드는 언제나 용의 몸을 향하고 있죠. 유리에 금이라도 가면, 1분 안에 용의 몸에 구멍을 세 개 뚫어 버려요. 폐기된 핵융합 연구소에서 빌려온 건데, 놀라파시니엔 그런 기술이 없었겠죠. 그레이를 굳이 이 장소에 가두고 위에 건물을 짓게 한 것도 이 물건을 검출 만한 장소가 필요했기 때문이고."

페이 위. 나는 마법사의 부활을 막고 세상의 균형을 이루는 게 목표일 뿐이다. 너와 너의 조직에 불을 싸질러도 세상의 균형에는 아무런 문제도 없다는 걸 잊어선 안 된다. 내가 완전히 성장하고 마법사의 씨앗을 모조리 밟아 버린 뒤에 다시 한 번 너와 거친 인사를 나누고 싶군.

"저런 말을 하기 때문에 레이저 시스템을 만든 거죠."

페이가 처음으로 웃음기 섞인 말을 했다.

그나저나….

그레이가 시선을 올렸다.

포로가 깨어난 것 같군.

오렌지맨이 눈을 떴다. 연구원이 그의 시선을 확인하더니 목에 주사를 찔러 넣었다. 약물이 흘러들어가자 오렌지맨은 정신이 제대로 돌아온 듯 주변을 살폈다. 몸을 둘러싼 용의 알껍질을 알아본 듯 별다른 저항은 하지 않았다. 마지막으로 그레이를 바라보더니 천천히 입을 열었다.

"놀라파시니의 짐승. 네놈의 계략 따위 통하지 않을 것이다! 위대하고 현명한 마법사께서 부활하실 때, 너의 세상은 끝을 보리라!"

그레이는 차갑고 낮은 목소리로 대응했다.

위대한 마법사가 아니라 죽은 마법사다. 현명한 마법사가 아니라 사악한 마법사다. 나를 쫓고 세상을 지배하려다 자멸한

마법사이며, 나의 불길에 비명을 지른 마법사다. 썩은 시체 조각을 기워 붙였을 뿐인 허수아비로 무엇을 할 수 있단 말이냐.

"마법사께서는 새로운 몸으로 부활하신다!"

내가 죽인 게 마지막 마법사며, 내가 마법사를 죽인 마지막 용이다.

페이가 오렌지맨과 그레이 사이로 걸어가서 말했다.

"그레이, 만담이나 하라고 끌고 온 게 아니야. 이자가 어떻게 우리도 모르던 텔레포트를 쓸 수 있었는지, 마법사의 부활과 얼마나 관련이 있는지를 알아야 해. 왜 끌고 다교를 공격했는지, 저 핼러윈 호박 같은 놈의 배후에 있는 녀석의 목적이 무엇인지도."

페이가 돌아보지도 않고 손가락으로 오렌지맨을 가리켰다. 오렌지맨이 페이의 등에 대고 외쳤다.

"짐승의 말은 듣지 않는다! 나는 마법사의 머리와 생식기를 찾으러 왔다! 나는 너희에게 잡힌 것이 아니라 너희에게서 내 물건을 회수하러 온 것이다!"

세나가 어이없다는 표정으로 오렌지맨을 바라봤다. 마법사의 생식기라니. 진지한 상황에서 잘도 얼이 빠지는 소리를. 그래도 남근이라고 하지 않은 게 어디야. 세나는 고개를 저었다.

연구원 한 명이 다가와 페이에게 스마트폰을 넘겼다.

"스마트폰에서 쓸 만한 정보는 찾을 수 없었습니다. 대신 암호화가 걸린 파일이 하나 있는데, 이건 홍채 인식이 필요하네요."

페이는 스마트폰 화면을 잠시 조작하더니 오렌지맨의 얼굴 위로 가져갔다.

"눈 떠."

오렌지맨은 눈을 감았다. 페이는 손가락으로 오렌지맨의 왼쪽 눈꺼풀을 찢어지기 직전까지 벌렸다. 스마트폰이 가볍게 진동했다.

"열렸군."

페이가 스마트폰 화면을 확인했다. 한 줄의 글이 적혀 있을 뿐이었다.

이용해 주셔서 감사합니다.

용이 고개를 들고 눈을 감았다. 무언가를 느끼고 있었다.

박영이 돌아왔다. 하지만 그대들을 도울 것 같지는 않군.

보안 요원 복장을 한 사람이 태블릿을 보며 말했다.

"잠실역 외곽 게이트가 개방됐습니다. 사용된 코드는… 박영."

페이가 태블릿을 건네받았다. 화면을 조작하자 감시

카메라 영상이 나타났다. 조금 전 세나와 페이가 지나온 길을 박영이 통과하고 있었다. 그를 제지하려던 사람들의 몸을 손으로 갈기갈기 찢으면서.

페이 위.

그레이가 페이를 보며 말했다.

냉혈한처럼 행동하려면 박영의 시체도 깔끔히 처리했어야지. 마법사가 네크로맨서이기도 했다는 건 자네도 알고 있었을 텐데.

그레이의 억양에 묘한 흥분이 담겨 있었다. 맛있는 식사 거리를 보는 표정으로 페이를 바라봤다. 반면 페이는 여전히 담담하게 말했다.

"내가 떠날 땐 살아 있었으니까. 일부러 죽일 수는 없잖아."

세나가 페이를 향해 목이 부러질 것처럼 고개를 돌렸다.

"살아 있었다고요? 살아 있는데 두고 왔다고요?"

"어쩔 수 없었어요. 의식도 없었고 어차피…."

페이는 세나의 눈동자를 잠시 바라보다가 시선을 돌리고 말을 이었다.

"전신에 화상이 심해서 데리고 오는 것 자체가 무리였어요."

세나는 입을 다물 수밖에 없었다.

오렌지맨의 스마트폰이 갑자기 알람을 울리며 진동했다. 짧은 저주파음이 들리더니 스마트폰의 화면이 번쩍거렸고 주변에 있는 전자 기기들이 작동을 멈췄다. 곧이어 천장에 있던 형광등도 모두 꺼져 어둠이 쏟아졌다. 곧 새빨간 예비 전등이 켜졌다. 오렌지맨이 새빨간 빛 속에서 기분 나쁘게 웃었다.

페이가 태블릿을 몇 번 두드리자 감시 카메라 영상 속 인물 태그가 박영에서 언데드로 바뀌었다. 세나는 페이의 냉정한 태도가 썩 마음에 들지 않았지만, 그렇다고 눈앞의 사람을 찢어 발기며 전진하고 있는 존재를 박영이라고 부르고 싶지도 않았다.

"언데드가 오기 전에 봉쇄해야 해요. 본부에 지원 연락도 하고."

페이의 말에 연구원이 바쁘게 움직이며 대답했다.

"통신 장비가 모두 죽어서 복구하는 데는 시간이 걸릴 것 같습니다. 문도 제어판이 전자식이라서…."

"그럼 힘으로라도 닫아요."

붉은 조명 아래에서 페이가 연구원과 보안 요원 무리를 움직이고 있는 동안, 세나는 용에게 말을 걸었다.

"당신은 누구 편이야?"

나는 세상의 균형을 이루는 조율자다. 누구의 편도 아니다. 세상의 균형을 파괴하는 마법사의 부활을 저지하기 위해 당신들이 필요할 뿐이다.

"세상의 균형이라는 게, 뭐, 평화로운 세상 그런 건가?"

평화는 허상일 뿐. 파괴와 창조, 분리와 융합이 끊임없이 이어지는 것이 균형이지.

"마법사의 부활이 완전히 저지되면… 당신은 어떻게 할 거야? 놀라파시니로 돌아갈 거야?"

놀라파시니는 이미 과거의 세계다. 나는 이 세상에 다시 균형을 만들 것이다. 균형이 완성되고 나면 무엇에도 개입하지 않고 지켜볼 것이다.

그레이는 눈을 가늘게 뜨고 자신을 둘러싼 기계들을 둘러보며 말을 이었다.

하지만 이 세계의 인간들을 보니 언젠가 너희와 대적할 때도 올 것 같군.

"손님 주제에 제멋대로네."

세나는 용을 뒤로하고 페이를 향해 물었다.

"언데드가 위협적인가요? 마법도 쓸 수 있나요?"

"마법은 쓰지 못하지만, 움직임이 빠르고 힘이 세다고

해요. 몸을 찢어 놓지 않는 이상 죽지 않는다고 하더군요."

"…당신도 언데드를 직접 보는 건 처음인 거군요."

페이는 대답하지 않았다.

처음 이들의 제안을 받아들인 것부터가 실수였다. 행정 기구가 이 모양 이 꼴인데 약속한 사례를 도무지 줄 수 있을 것 같지 않았다. 세나는 후회했지만, 이미 일어난 일이었다. 본전을 위해서라도 어떻게든 헤쳐 나가야만 했다.

보안 요원이 페이에게 말했다.

"문 반대편에 도착했습니다. 바깥에 있던 연구원들은 대부분 대피했고, 따로 공격받지 않은 걸 보면 여기를 목표로 하고 온 것 같습니다."

"바깥 복도를 폐쇄할 수 있나요?"

"화재용 셔터를 내릴 수는 있지만 시간 끌기에 불과할 겁니다."

"그거라도 내려요. 통신 장비 상태는?"

"곧 회복됩니다."

세나는 예비 전등을 보고 있었다. 조금 전부터 불안하게 깜빡거리는 것 같아서였다. 하지만 밝기가 변하는 것이 아니었다. 붉은 조명 아래에서 빨간 빛줄기가 천천히 움직이고 있었다. 다른 사람들에겐 보이지 않는 게 분명했다.

"뭔가 움직이고 있어요!"

세나가 소리치자마자, 붉은 빛줄기는 오렌지맨 옆에 모이더니 사람의 형상을 만들었다. 오렌지맨이 입고 있던 로브가 그 자리에 나타났다. 세나는 후드 속의 얼굴을 알아볼 수 있었다. 박영이었다.

박영은 빠른 움직임으로 오렌지맨의 구속을 풀기 시작했다. 페이가 박영을 확인하자마자 옆에 있던 보안 요원의 권총을 집어 들고 박영의 이마를 향해 방아쇠를 당겼다. 불쾌한 파열음과 함께 머리의 절반이 날아갔지만 박영은 멈추지 않았다.

페이와 보안 요원이 박영에게 뛰어들었지만, 박영은 그들을 가볍게 팔로 튕겨낼 뿐이었다. 몸은 미동도 하지 않았다. 용의 알껍질로 만든 구속구가 하나씩 떨어질 때마다, 세나는 오렌지맨의 주변 풍경이 다시 흐려지는 것이 보였다. 오렌지맨의 모습은 더욱 뚜렷하게 변해 갔다.

"그레이! 어떻게 할 수 없어?"

세나가 소리쳤다.

유리벽을 없애 주면 도와주지.

오렌지맨이 몸을 일으켰다. 박영이 로브를 거칠게 벗

어 버리자 로브에 눌러붙어 있던 녹은 피부 조각들이 바닥에 덕지덕지 떨어졌다. 오렌지맨은 로브를 가로채고는 힘껏 펄럭이며 걸쳤다. 오렌지맨의 왼손에서 사방으로 붉은 빛이 뻗어 나왔다.

"페이! 그레이를….."

붉은 빛이 세나의 목을 덮쳤다. 오렌지맨이 오른쪽 눈을 번쩍이며 말했다.

"너는 마법사께 나와 함께 간다. 마법사께서 후계자를 위해 너를 필요로 하신다."

"웃기지마, 이 썩은 호박 대가리 새끼가!"

세나가 오렌지맨을 노려봤다. 폐역에서 페이와 박영을 날려 버렸을 때의 감각을 최대한 떠올리면서.

하지만 아무 일도 일어나지 않았다.

세나는 짧고 거친 욕을 뱉었다. 세나의 욕을 들은 보안 요원 한 명이 오렌지맨에게 달려들었다. 붉은 빛이 세나의 목에서 벗어나 보안 요원의 몸을 휘감았다. 세나는 그 순간 카페에서 본 일을 떠올렸고, 예감은 적중했다. 붉은 빛은 보안 요원의 목과 사지를 비틀어서 끊어 버렸다. 비명을 지를 틈도, 신음을 뱉을 여유도 주지 않았다.

연구원 한 명이 비상용 도끼를 가져와서 오렌지맨에게

휘둘렀지만, 도끼날은 로브를 파고들지도 못했다. 오렌지맨이 어디선가 새하얀 단검을 꺼냈다.

마법사의 뼈로 만든 칼날. 오렌지맨이 단검을 크게 휘두르자 거친 섬광과 함께 연구원의 몸이 두 동강 났다. 거기서 끝나지 않았다. 칼날의 끝이 멈춘 곳은 그레이의 유리벽이었다.

유리벽에 금이 갔다. 몇 초 지나지 않아 저주파음이 주변을 둘러쌌다. 레이저 시스템이 움직이기 시작한 것이었다. 오렌지맨이 그레이의 눈을 바라보며 웃었다. 그레이는 오렌지맨의 시선을 무시하며 세나를 바라봤다.

이제 다른 선택지는 없다.

"페이!"

세나가 소리쳤다. 페이가 유리문 옆의 제어판에 달려 있는 핸들로 달려갔다. 페이는 몸무게를 얹어 핸들을 돌렸다. 하지만 핸들은 너무 무거웠고 시계 초침마냥 천천히 돌아갔다.

핸들이 반 바퀴 돌았을 때, 박영이 페이에게 달려들었다. 페이는 박영을 피해 반 토막 난 연구원의 손에서 도끼를 뺏어 들고 재빠르게 박영의 허리를 끊었다. 박영의 상하반신은 서로 떨어져 바닥에서 꿈틀거렸다.

페이는 도끼로 핸들을 내리쳤다. 핸들이 돌아갔다. 한 번 더 치자 완전히 돌아갔다.

유리문이 천천히 열렸다. 그레이가 허리를 세우며 자세를 잡기 시작했다. 몸을 일으키자 아직 성장 중이라는 게 믿기지 않을 만큼 거대한 모습이었다. 그나마 천장 때문에 몸을 완전히 펼치지는 못하고 있었다. 오렌지맨은 잠시 당황한 듯 보였지만 이내 단검을 양손으로 잡고 자세를 취했다.

유리문이 완전히 열리자 그레이가 네 발을 짚고 걸어 나왔다. 그레이의 꼬리까지 유리문을 통과한 직후, 세 줄기의 거대한 레이저가 조금 전까지 그레이가 있던 곳을 꿰뚫으며 내려왔다.

바닥이 지진이라도 난 것처럼 크게 흔들렸고, 오렌지맨을 제외한 모든 사람이 균형을 잃고 쓰러졌다. 시력을 잃을 만큼의 빛이 쏟아졌고 아무런 소리도 들리지 않았지만 귀가 찢어질 것처럼 아팠다.

레이저가 멈추고 난 뒤에도 진동이 멈추지 않았다. 그레이가 오렌지맨을 향해 발과 꼬리를 휘두를 때마다 바닥이 내려앉을 것처럼 흔들렸다.

오렌지맨은 날렵하게 움직이며 단검을 휘둘렀지만, 단

검에서 뻗어 나온 붉은 칼날은 그레이의 회색 털을 살짝 태우기만 할 뿐, 큰 상처를 주지 못했다.

오렌지맨이 발을 헛딛고 주춤한 틈을 놓치지 않고, 그레이는 오렌지맨의 몸을 앞발로 짓눌렀다. 오렌지맨이 굵은 비명을 질렀다. 로브가 총알과 날붙이는 막아 줘도 물리적인 무게는 어쩔 수 없는 모양이었다.

페이 위.

페이가 권총을 손에 쥐고 오렌지맨에게 다가가 로브의 후드를 벗겼다. 오렌지맨은 비명을 멈추고 웃고 있었다.

"그분은 언제나 당신과 함께 있다. 그분이 당신을 골랐다. 내 몸 따위는 얼마든지…."

페이의 총구가 오렌지맨의 이마에 닿았다.

"잠깐…!"

세나가 말을 잇기도 전에 총성과 함께 오렌지맨의 뒤통수가 날아갔다.

"살려 둘 이유도 없었겠지만, 굳이 죽여야 했나요?"

세나의 물음에 페이는 권총을 허리 뒤에 집어넣으며 대답했다.

"이미 봤잖아요. 감당할 수 있는 범위가 아니라는 거."

페이는 권총을 보안 요원에게 돌려준 다음 허리를 숙

여 오렌지맨의 얼굴을 바라보았다. 얼굴을 덮은 반투명한 플라스틱을 벗겨 내자 젤리처럼 문드러진 얼굴이 드러났다.

"어디서 본 적 있는 얼굴이네요. 2년 만에 엄청 유명해졌던 가수인가 배우인가. 은퇴 후에 뭘 하나 했더니."

"올해 초에 종적을 감췄다던 그 연예인이군요."

세나는 어제 아침에 본 뉴스를 떠올렸다. 페이는 기분 나쁘다는 듯 다시 플라스틱 가면으로 오렌지맨의 얼굴을 덮었다.

페이가 몸을 일으키며 말했다.

"잘 먹고 잘 사는 유명인을 장난감처럼 부릴 수 있는 존재가 있다는 거군요."

"종교 아니면 마약이겠죠."

세나는 별생각 없이 뱉은 말이었지만 페이는 짐작이 간다는 듯 고개를 끄덕였다.

뒤로 물러나라.

그레이의 말에 세나와 페이는 한 걸음 뒤로 물러났다. 그레이가 발을 들어 올리자 반쯤 으스러져 검붉게 물든 오렌지맨의 몸이 드러났다. 페이는 피에 젖은 로브를 벗겨 팔에 걸었다. 그레이는 몸을 흔들어 콘크리트 파편을 털어 내더니 오렌지맨의 몸을 집어 물고는 두세 번에 걸쳐 씹어 삼켰다.

"세상에….."

세나와 페이 모두 그레이의 입에서 흘러내리는 핏줄기를 보며 할 말을 잃었다. 인간을 먹는 용을 보게 되다니.

너흰 너무 나약해.

그레이가 한 걸음 다가왔다. 세나와 페이는 세 걸음 뒤로 물러섰다. 그레이의 몸이 떨리더니 회색 털이 더 굵고 길어졌다. 덩치도 조금 더 커졌다. 오렌지맨이 가지고 있던 마법사의 신체 덕분인 것 같았다.

마법사를 상대하기는커녕, 이런 조무래기도 제대로 다루지 못하다니.

"그레이, 우린 협력 관계였잖아."

페이가 세나를 자신의 등 뒤로 밀며 말했다.

그래. 하지만 공평하진 않았지. 난 너희에게 마법사의 몸을 쓰는 법을 가르쳤고 내게 도움이 되길 요구했다. 하지만 너희는 회복 중이던 나를 가뒀고, 그러면서도 도움이 되긴커녕 오늘처럼 실수만 반복했지. 아무래도 다른 동업자를 찾아야 할 것 같군.

그레이가 천천히 고개를 아래로 내밀었다. 피 묻은 털

과 이빨이 두 사람에게 다가왔다.

　네놈들이 내게 그나마 도움이 되는 건 내 양분이 되는 것뿐
이다.

　"세나! 엎드려요!"

　페이가 세나를 바닥으로 떠밀었고, 그레이의 긴 주둥
이는 그곳에 있던 기계 장치들을 부수며 벽을 뚫었다. 그
레이는 다시 그들을 향해 다가오더니 이번엔 벽을 통째
로 씹어 버렸다. 처음보다 훨씬 공격적이었다. 이대로는
둘 다 곧 그레이의 이빨에 씹히게 될 게 분명했다.

　"밀지도 말고 당기지도 마요. 알아서 피할 거니까."

　세나가 자신을 팔을 잡은 페이에게 말했다. 페이는 무
슨 멍청한 소리를 하냐는 듯한 시선으로 바라보더니 기
어코 팔을 잡아당겼다. 세나는 욕을 뱉으며 자신이 가려
고 하던 방향으로 페이를 당겼고 둘은 곧 발이 꼬이면서
바닥을 뒹굴었다.

　구석에 몰린 그들 앞에 그레이가 거대한 몸을 이끌고
나타났다. 더 이상 도망갈 틈이 보이지 않았다. 그레이의
입에선 묘하게 푸른 증기가 흘러나왔다.

　용이니까 불이라도 뿜는 걸까? 죽기 전에 저 녀석을 병
든 병아리라고 부를 수 있어서 그나마 다행이었지. 주하

한테 자랑 못하는 게 아쉽네.

세나가 자기도 모르게 현실을 받아들인 순간, 곧게 뻗은 빛줄기가 그레이의 옆구리를 찔렀다. 레이저였다. 공기를 태우는 소리를 내며 또 한 가닥 뻗어 나왔다. 이윽고 세 가닥의 레이저가 그레이의 몸을 가차없이 찔렀다. 그레이가 소리를 지르며 레이저가 시작된 곳을 향해 몸을 돌렸다. 완전 무장을 한 사람 세 명이 커다란 총으로 그레이에게 레이저를 쏘고 멈추기를 반복하고 있었다.

곧이어 파랗게 빛나는 올가미 하나가 날아오더니 그레이의 목을 감았다. 올가미는 그레이의 털과 살을 태우며 요란하게 번쩍였다. 그레이는 바닥이 흔들릴 만큼 고통스러운 비명을 질렀다.

세나는 온몸의 털이 곧게 서는 것을 느꼈다. 주변에 어마어마한 전류가 흐르고 있는게 분명했다. 잇달아 날아온 전기 올가미는 그레이의 다리와 꼬리, 마지막으로 날갯죽지까지 속박했다.

전기가 다시 들어왔다. 어둠이 사라지고 온갖 도구를 가진 사람들이 나타났다. 알 수 없는 도구들이 그레이에게 부착되었고, 그레이는 그럴 때마다 분노에 찬 소리를 질렀다.

얼마 지나지 않아 그레이가 얌전해졌다. 그들이 용을
제압한 것이었다.

◆

영국인들이었다. 그들이 쓰는 영어 억양에서 알 수 있
었다. 그들은 그레이의 몸을 단단히 묶고 입 속에 희멀건
액체를 주입하고 있었다. 마취제 같았다.

"당신들에겐 실망했습니다."

깔끔한 정장을 입은 사람이 다가와 말했다. 자연스러
운 한국어였다. 완벽할 만큼 편견에 가까운 백인의 모습
과 어울리며 기묘한 분위기를 풍겼다.

"더 이상 함께 일을 하긴 어렵겠죠. 알고 있겠지만, 다
시 한 번 당신네가 실수할 경우엔 마법사와 그레이와 관
련된 마지막 권할까지 모두 우리에게 이양하기로 결정된
상태였습니다. 그리고 오늘이 그날이네요. 당신네 기관
은 오늘부로 완전히 해체입니다."

"당신들은 누구죠?"

세나가 물었다.

"영국 왕립 라이트홀드 기병연대 제임스 카터 대령입니다. 당신은…."

"신입 수사관 유세나입니다. 어제 들어온…."

페이가 세나의 앞을 가리며 대신 대답했다

"이런 상황에 신입을 받을 생각을 하다니, 도대체 무슨 생각을… 일을 그 따위로 하니까 이런 일이 생긴 거지. 오늘 당신들이 벌인 일이 얼마나 큰지 알고나 있습니까? 수만 명이 잔해 아래에 깔려서 아직 나오질 못하고 있어요. 돈 처먹는 레이저 시스템으로 괜히 땅만 뚫어놔서 초고층 빌딩 지반 보수를 다시 해야 하고, 충전도 다시 해야 하고, 빌딩을 지은 기업에 레이저로드 교체 비용까지 지불하게 생겼어! 근데 용은 유리 감옥 밖에 있고! 이양 첫날부터 이런 뒷수습을 해야 하다니."

"오늘은 운이 좀 안 좋더군요."

페이는 담담하게 대답했다. 카터는 조용히 혀를 차며 고개를 흔들고는 그레이를 향해 걸어갔다.

"뭐죠? 저놈은."

세나가 묻자 페이는 주변을 둘러보며 대답했다.

"한때 행정기구 수뇌부 중 하나였던 사람이에요. 처음엔 영국군과 함께 일했거든요. 하지만 미군에 이어 영국

군까지 서울과 가람시에 주둔하고 있는 걸 가지고 중국이 정치적으로 압박을 하는 바람에 결국 분리됐죠. 그때 영국이 조직의 핵심부 대부분을 가져갔어요. 얘기했던 것처럼, 행정기구는 사실 독립적인 행동 요원 수준으로 떨어졌죠. 대신 로비를 거듭한 끝에 용과 마법사의 관리에 대한 권한만큼은 남겼어요. 그들이 용과 마법사의 몸에 접근하기 위해선 우리를 통과할 수밖에 없어요. 나름 대로 마법을 연구할 기회를 지킨 거죠. 그것도 오늘 끝나버렸지만."

"애초에 왜 영국군이 개입한 거죠? 미군이라면 차라리 이해를 하겠는데."

"저들은 '책'을 가지고 있었어요."

"책이요?"

"놀라파시니의 방문자는 과거에도 있었어요. 그것도 영국에. 용도 마법사도 아니었지만, 예언서를 남겼다고 하더군요."

세나가 말을 하기 위해 입을 조금 벌렸을 때, 카터가 두 사람에게 다가와 말했다.

"당신들은 이제 여길 떠나요. 비밀 서약서는 조직을 떠난 이후에도 유효하다는 건 잊지 말고. 가능하면 겁먹은

연구원들도 같이 데리고 가요. 우리가 일일이 쫓아내기
엔 번거로우니까. 연구 장비 인계는 절차대로 할 생각이
니 한 달 동안은 오라고 하면 언제든 올 수 있게 대기하
고 있는 거 잊지 말고. 일단 오늘은 모두 여기서 꺼져요."

◆ 2023년 12월 27일 ◆

◆

페이가 무거운 철문을 밀자 잠실역 지하 1층 통로가 나타났다. 통로로 나와 닫힌 문을 보니 화장실 옆에 있는 단순하기 그지없는 연두색 철문이었다. 지나가는 사람은 커녕 직원도 굳이 열어 볼 생각을 하지 않을 만큼 평범했다. 그리고 그 밑에 용이 있다.

세나와 페이는 잠실역 2번 출구로 향했다. 새벽이라 그런지 골고다교 사고 때문인지 에스컬레이터는 움직이지 않았다. 멈춘 에스컬레이터를 오르는 특유의 기묘한 위화감이 마치 현실로 돌아오기 위한 관문처럼 느껴졌다.

지상에 나오자마자 거대한 해바라기씨처럼 생긴 빌딩이 군청색 하늘을 가르며 높이 치솟은 게 보였다. 꼭대기에서 연기가 피어오르고 있었다. 연기는 아직 지평선 아래에 있는 태양빛을 받으며 주황색으로 빛났다.

"레이저 시스템을 식히고 있는 거예요. 건물이 몇 달간 쓸 물을 모두 쏟아붓고 있을 겁니다."

페이가 설명했다. 차가운 하늘 아래에서 빛나는 거대 빌딩이 꼭대기에서 연기를 뿜고 있으니 세나는 아직 현실로 돌아오지 않은 것처럼 느껴졌다. 여긴 어디일까? 놀라파시니가 이런 풍경일까.

서쪽에서 헬리콥터 소리가 들리자 세나는 고개를 돌렸다. 서쪽 하늘은 인공 빛으로 뒤덮여 대낮처럼 밝게 빛나고 있었다. 삼성역 방향이었다. 중장비가 움직이는 소리와 사이렌 소리가 바로 앞에서 들리는 것만 같았다. 어쩌면 비명과 울음소리도.

두 사람은 송파대로를 따라 북쪽으로 걸었다. 삼성역 사고로 2호선이 멈췄기 때문에 가람시로 돌아가기 위해선 다른 역으로 가야했다. 거리를 생각하면 택시를 타고 가는 것이 현명했지만, 두 사람 모두 잠시 걷고 싶었다. 아무 말 없이 조용히.

10분 정도 걷자 24시간 카페 하나가 눈에 띄었다. 투명한 유리벽 너머에는 손님이 한 명도 보이지 않았다. 두 사람은 눈을 마주치더니 카페 안으로 들어갔다. 문에 달린 종이 조용하지만 경쾌하게 울렸다. 부엌에서 무언가를 썰고 있던 주인이 소리를 듣고 바깥으로 나와 손님을 맞이 했다. 군데군데 피가 묻고 먼지로 뒤덮인 두 사람을 보고도 크게 개의치 않았다.

세나는 드립 커피를, 페이는 라테를 주문했다. 잠시 뒤, 주인은 직접 두 사람 테이블로 와서 드립 커피를 내리고, 라테 잔에 뜨거운 우유를 따랐다.

"삼성역 구조를 돕다가 오셨나요?"

주인이 물었다.

"…그런 셈이죠."

세나가 대답했다.

"또 이런 비극이 일어나다니 믿을 수가 없어요. 이게 인재든 천재든, 마치 이 세상이 끝날 것만 같은 느낌이 드는군요."

주인의 얼굴에는 딱히 표정이랄 게 없었지만 세나는 슬픔을 읽을 수 있었다. 페이가 라테 잔을 손으로 감싸며 재미없는 농담을 던지듯 말했다.

"그럴 땐 맛있는 커피를 마시며 남은 시간을 조용히 지켜보는 것도 나쁘지 않죠."

"아, 그 기분 잘 알죠. 하지만 우리가 망쳐 놓은 세상을 좀 더 바르게 고칠 시간이 조금 더 있기를 바랐어요. 샌드위치는 서비스입니다. 조금 전에 만든 거예요."

주인은 삼각 샌드위치 두 개를 접시에 담아 테이블에 내려놓았다. 그리고 창 밖의 서쪽 지평선을 보며 말을 이었다.

"원래는 알바생 주려고 만든 건데… 오늘은 아무래도 제시간에 못 올 것 같네요."

짧은 침묵 뒤에 그는 다시 부엌으로 사라졌다.

"지금 몇 시죠?"

세나가 화면이 꺼진 손목시계를 두드리며 말했다. 페이는 카페 벽에 걸린 시계를 보며 대답했다.

"6시가 조금 지났네요."

세상에, 모든 일이 고작 하룻밤 사이에 일어났다니. 세나는 온몸의 근육이 굳어 버릴 것 같았다. 잠은 한숨도 자지 못했지만, 정신은 맑았다.

"그 책이란 거…."

세나가 커피잔을 들어 향을 들이마시며 말을 이었다.

"그 책이란 게 예언서라고 했나요? 그럼 거기에 무슨 일이 일어날지 다 적혀 있었던 거예요? 오늘 일도?"

페이는 샌드위치를 먼저 집어 올렸다.

"모든 일이 적혀 있는 건 아니에요. 몇 년 뒤에 바다 서쪽 땅의 입구에 있는 작은 반도의 분열된 나라 수도에 용과 마법사가 나타날 거고 세상이 완전히 달라질 것이라는 정도만 쓰여 있고 지금 일어나고 있는 일에 대한 건 없어요."

"서쪽 땅이라면서요. 근데 왜 동쪽 끝에 와서 이 난리를 치고 있죠?"

"실제로 처음엔 영국 본토의 작은 반도나 스칸디나비아의 도시들을 조사했던 기록도 있어요. 더 서쪽으로 가면 당시엔 알려지지 않았던 플로리다나 유카탄 반도까지. 하지만 더 단순한 답을 알게 되었죠."

페이는 샌드위치 냄새를 한 번 맡고는 말을 이었다.

"그 책을 쓴 사람의 지도에선 중심에 태평양이 있었던 거죠. 동아시아에선 그게 당연하지만 영국 사람들은 유럽이 중심에 있는 지도만 생각했어요. 하지만 여기서 흔히 쓰는 지도에서 바다 서쪽 땅의 입구라고 하면 후보가 몇 개 나오죠. 환산한 연도로 2011년에 용과 마법사가 나타난다고 했으니 2000년 이후에도 분단된 국가를 생각하면 이미 답이 나왔죠."

"하지만… 그들이 나타난 건 2008년이잖아요."

2008년. 입 밖으로 뱉는 것만으로도 세나는 가슴이 순간 무거워졌다.

"맞아요. 해석이 부정확했던 거죠. 애초에 표현이 애매한 데다 해석 자체도 정확하지 않았던 게 많았으니까요. 그 책이 언제 쓰였는지를 밝히는 것부터가 어려웠다고 하더군요. 글씨도 애들이 쓴 것처럼 개판이고."

페이가 샌드위치를 한 입 물었다. 잠시 씹고 삼키고는 말을 이었다.

"그렇게 연도를 틀린 덕분에 수도 이전이 한창 진행될 때 그 일이 일어난 거죠."

"그럼…."

"수도 이전도 모두 계획의 일부였어요. 20세기가 끝나기 전에 영국 정부가 한국에 협조를 요청했어요. 서울에 떨어진 물건의 소유권은 당연히 한국에 있으니. 대신 수도 이전을 도와줬어요. 비용적으로. 재난이 일어날 걸 아는데 정부를 그곳에 가만히 둘 수는 없으니까. 재난대책위원회, 즉 행정기구도 이미 그때 만들어졌어요. 모든 게 예정대로 진행되었다면 행정기구도 좀 더 튼실해졌을지도 모르죠. 그럼 이렇게 용도 마법사도 뺏기며 쫓겨날 일도 없었을 텐데."

"도대체 행정기구나 그… 영국 라이트홀드 어쩌고 하

는 것들의 목적이 뭐죠? 뭘 위해 일하는 거죠?"

"그 책엔 용과 마법사의 싸움이 시작되면 인간이 지배하는 세상은 사라질 거라고 적혀 있었어요. 그걸 막는 게 목적이에요. 일단은."

"진짜로 용과 마법사가 나타나긴 했다지만… 그걸 정말 믿었던 거예요? 영국과 한국 정부가? 노스트라다무스도 마야 달력도 개뿔 헛소리라는 건 얼간이들만 빼고 누구나 알았잖아요."

페이는 반쯤 먹은 샌드위치를 내려놓았다. 그리고 적당히 식은 라테를 마시며 말했다.

"발견됐거든요. 그 책을 쓴 사람이."

"네?"

"1991년에 윌트셔 말보로 칼리지에서 지하 확장 공사를 하다가 6세기 유골 한 쌍이 발견됐어요. 늙은 남자와 젊은 여자였는데, 여자가 먼저 사고로 죽고 남자가 뒤따라 간 것 같더군요."

"가족이었나요?"

"그건 몰라요. 아마 스승과 제자가 아니었을까 생각해요. 주변에서 책과 그 필사본이 많이 나왔거든요. 하지만 그게 중요한 게 아니에요. 남자의 유골 옆에서 날이 부러진 검이 함께 나왔어요. 그런데 그 검이 믿을 수 없을 만큼 단단한 사람 뼈로 만든 거더군요. 게다가 유골과 격리했더니 갑자기 모양을 바꾸면서 기다란 막대기가 되었어요. 마법이 깃들어 있던 거죠. 뭐 생각나는 거 없어요?"

"글쎄요, 아무 생각도."

"6세기 때 아서 왕이 호수의 요정에게 엑스칼리버를 받기 전에 쓰던 검이 있어요. 아서가 바위에서 뽑았다고 알려진."

"어… 그게 엑스칼리버 아닌가요?"

"아니. 다른 거예요. 바위에서 뽑은 검은 싸움 도중에 부러졌어요. 이후에 엑스칼리버를 손에 넣은 아서가 부러진 검을 멀린에게 줬다는 얘기가 있어요."

두 사람 사이에 잠시 침묵이 흘렀다. 세나가 먼저 의자를 잡아당기며 말했다.

"그러니까 지금 멀린이 실존 인물이었다는 얘긴가요? 그리고 예언서를 쓴 다음에 제자까지 만들고 죽었다가 월트셔에서 무덤이 발견됐다?"

"오해하진 마요. 아서 왕 전설이 사실이라는 건 아니니까. 그저 전설 속 멀린의 모티브가 되는 인물 중 하나일 수 있다는 거죠. 그래서 내부에선 월트셔의 멀린이라고 불렀어요."

"그리고 그 마법사가 바로?"

"아뇨, 월트셔의 멀린은 마법사가 아니었어요. 어째서 인지 놀라파시니와 마법에 대해서 알고 있었고, 마법사의 신체 일부도 가지고 있었지만, 마법사는 아니었어요. 그 래서 놀라파시니에서 온 사람이 아닐까 생각하는 거죠."

"마법사인지 아닌지는 어떻게 알아요? 마법사의 몸이 나 도구만 가지고 있으면 마법을 쓸 수 있잖아요."

"하지만 마법사가 아니라면 능력이 제한되죠. 그런 능 력들은 마법사가 편의를 위해 물건이나 신체에 심어 놓 은 일종의 프로그램이에요. 마법사의 의식이야말로… 말 하자면 프로그래머이자 컴파일러죠."

세나는 그제야 샌드위치를 한 입 먹었다. 그리고 물었다.

"페이 씨는 어떻게 그런 걸 다 아는 거죠?"

세나와 페이가 동시에 샌드위치를 물었다.

"행정기구로 들어가기 전에 국정원에서 비밀 알바를 했어요. 말이 알바지, 사실은 저렴한 스파이였죠. 주로 국 내외 정치 댓글을 관리하면서 여론을 만들고 멍청한 고 위 관리직들의 비공개 온라인 커뮤니티에 끼어서 정보를 빼내고는 했어요. 지금이야 국정원 위상이 바닥을 치고 해체 직전이라 별거 아니지만, 그땐 뭐든 다 할 수 있을 줄 알았죠. 하지만 동아시아의 잡종에게 큰 일을 주지는 않았어요. 그런 일은 순혈이 맡아서 했죠. 배신할 가능성이 적다면서."

페이는 많은 일이 떠오르지만 굳이 입 밖에 내지 않겠다는 것처럼 잠시 말을 멈추고 팔짱을 낀 채 고개를 흔들었다.

"그래서 결국 잡종이기에 가능한 인맥을 동원해 행정기구로 옮긴 거고. 덕분에 양쪽에 네트워크가 있어서 이런저런 자료를 많이 볼 수 있었어요."

페이가 샌드위치를 모두 먹고 손을 털었다.

"그런데… 행정기구마저도 이렇게 돼 버렸네요. 퇴직금이나 제대로 나오려나 모르겠어요. 집도 이제 직접 알아봐야 할 거 같고."

"저한테 준다는 건요? 불임 치료에 원하는 직장에 넣어주겠다면서?"

"그건… 미안하게 됐어요. 연쇄 살인범, 그 오렌지맨 확보에 행정기구의 존폐가 걸려 있었다 보니. 이제 다 날아갔네요."

그럴 줄 알았어. 세나는 입술을 살짝 깨물었다.

"하지만 치료는 가능해요. 사실 정확한 이유는 알 수 없지만, 그날 생존자들 중에 생식 능력에 이상이 생긴 사람들이 세나 씨 말고도 여럿 있어요. 마법사와 같이 발견된 옷가지에 성분을 알 수 없는 가루가 담긴 병이 있었는데, 그게 생식 능력을 다시 돌려줘요. 그건 마법이 아니라 놀라파시니의 의학인 거 같더군요. 행정기구가 나름 연구랍시고 알아낸 성과 중 하나죠. 그러니까, 그건 약속할 수 있어요."

"글쎄, 전 아직도 아이를 원한다는 말은 안 했어요."

갑자기 페이와 현실적인 이야기를 하는 것이 세나에겐 너무 어색했다. 아니, 당신한텐 그런 이야기 안 어울려, 당신과 일상다반사를 얘기하고 싶지는 않아. 세나는 화제를 돌렸다.

"마법사는 진짜 부활할 수 있는 건가요? 어떻게 하면?"

"마법사의 머리와 생식기, 그리고 오염되지 않은 여자가 있으면 가능하다고는 하는데… 그 책 내용이 완전히 다 해석되진 않아서 불분명해요."

"오염되지 않은 여자라니, 놀라파시니도 처녀 숭배가 만연해 있다는 건가요? 그리고 오렌지맨은, 내 몸이 정상 작동 안 하니까 처녀 취급해 준 거고? 신뢰도가 확 떨어지네요."

"그러게요. 해석이 잘못되었을 가능성도 있고 어쩌면 그렇게 코딩해 놓은 마법사가 구식 멍청이였을 수도 있겠죠. 그리고 부활이라기보다는, 후계자를 고르는 것과 가까워요. 필요한 것들이 갖춰지면 마법사의 영이 나타나 후계자를 고른다나. 오렌지맨이 원한 게 그거였을 거예요. 자기가 마법사의 후계자가 되는 것."

"마법사의 생식기란 게 대체 뭐예요? 오렌지맨도 말했잖아요."

"말 그대로 생식기겠죠. 발견 직후에 암시장에서 가장 먼저 사라졌지만. 아마 정력제 따위로 팔렸을 거고. 돌아오지 않을 거예요. 그러니까 마법사의 부활, 후계자 같은 건 아마 어려워요."

"아니면 초월적 쾌감을 주는 매직 딜도 같은 걸로 팔렸겠죠. 남자만 그걸 사라는 법 있나요."

세나는 가볍게 웃음을 터뜨렸다. 페이 앞에서 마음 놓고 웃은 건 처음인 것 같았다. 페이도 웃었을까, 세나는 잠시 페이의 얼굴을 의식했다. 짧은 순간이었지만 웃은 게 분명했다. 하지만 그걸로 충분했다. 페이와 필요 이상으로 친해지고 싶지는 않았다.

하늘이 밝아왔다. 세나가 창밖을 보며 물었다.

"그런데 그런 내용이 다 그 '책'에 쓰여 있었나요?"

"네."

"그리고 그 책을 쓴 윌트셔의 멀린이 마법의 칼, 아니 막대기와 함께 발견되는 바람에 허무맹랑하지만 결국 믿게 됐다?"

"네."

"윌트셔의 멀린이 그 책을 썼다는 건 어떻게 알았죠?"

페이가 라테 잔을 비우며 말했다.

"처음엔 그 책에 표지가 없었어요. 그런데 윌트셔의 멀린 옷 속에서 사라진 표지가 발견된 거죠."

"제대로 된 제목도 있었겠군요. '그 책'이 제목일 리는 없으니."

"맞아요."

"제목이 뭐였죠?"

"『마지막 마법사』."

건너편 건물에 반사된 햇빛이 세나의 눈을 때렸다. 아침 7시. 세나는 오늘만큼은 긴 하루가 되지 않기를 바랐다. 그 소원을 이뤄 주기라도 하는 것처럼 기분 좋은 종소리가 울렸다.

"왔구나."

주인이 부엌에서 나오며 카페에 들어온 젊은 남자를 맞이했다. 알바생이었다.

"네, 돌아서 오느라 좀 늦었어요. 미안해요."

"무사히 왔으면 그걸로 됐어."

알바생은 세나와 페이를 슬쩍 보고는 카운터로 들어갔다. 그러고는 앞치마만 걸치고 스마트폰을 만지작거리기 시작했다. 그러면서 다시 한 번 세나와 페이를 흘겨보고는 스마트폰을 든 손을 카운터 아래로 가렸다. 하지만 여전히 손가락이 움직이고 있었다.

페이가 곁눈질로 그 모습을 확인하고는 말했다.

"나가죠."

◆

현실로 돌아올 시간이다. 페이는 세나에게 조만간 마법사의 각막을 제거해 주겠다고 약속했다. 지금 당장은 라이트홀드 기병연대가 자리 잡고 있어서 장비를 가지러 들어갈 수가 없었다. 그리고 생식 능력을 돌려준다는 그

가루에 대해선 보류했다. 이미 세나 본인이 포기한 지 오래였기 때문에.

페이는 삼성역으로 돌아가서 어제 타고 갔던 차를 회수해야 한다며 발길을 돌렸다. 주변은 아수라장이 되었겠지만, 차 안에 두고 온 물건이 많다면서.

세나는 택시를 탔다. 택시 기사는 삼성역 사건에 대해 쉬지 않고 말을 쏟아 냈지만, 세나는 흘려들었다. 택시 기사가 대답을 원하는 듯한 질문을 던졌을 때도, 세나는 그저 창밖을 볼 뿐이었다.

"쯧, 이래서 가람시 사람들은….'

택시 기사는 그렇게 말하며 백미러로 세나의 얼굴을 슬쩍 보고는 다시는 입을 열지 않았다. 택시는 그때부터 은근히 속도를 냈다. 불편한 손님을 얼른 내려 주고 싶은 것처럼. 세나는 기본 요금에 추가 금액이 적당히 생긴 지점에서 스스로 내리기로 했다. 기사는 조금 전과는 다르게 기분 좋은 태도로 세나를 보내 주었다.

세나는 성수역 근처 고가 철도 아래에서 내렸다. 동쪽 하늘에선 박명이 미치고 있는데도 무너지기 직전의 철도 밑은 밤보다 어둡고 무겁게 느껴졌다. 얼른 벗어나 집으로 가고 싶었지만 너무 멀었다. 길을 찾기 위해 스마트폰을 꺼내자 화면에 방금 도착한 문자가 나타났다.

거기 그대로 서 있어.

주하였다.

뒤를 돌아보니 횡단보도 너머에서 주하의 택시가 신호를 기다리며 서 있었다. 신호가 바뀌고 주하의 택시가 천천히 세나 옆에 다가왔다. 창문이 열리고 주하가 운전석에서 얼굴을 내밀었다.

"모셔다 드리죠."

"어떻게 온 거야?"

세나가 조수석에 올라타며 물었다. 주하는 차를 다시 움직이며 대답했다.

"카페 콰이어트에 갔었죠? 거기 사장님이랑 알바생하고 좀 친해서. 알바생이 늦었다길래 태워 주고 오는데 '형 여친 여기 있는 거 같아요, 근데 남자랑 있어요'라고 문자가 왔어요. 그래서 카페 앞으로 다시 갔는데 바로 택시를 타고 출발하길래. 뒤에서 천천히 따라왔죠. 방해하고 싶진 않아서."

"스토커 새끼."

"가람시 택시 기사가 서울에서 택시 손님 뺏었다고 소문나면 큰일 나니까. 안전하게만 태워 준다면 뭐. 택시비

아까워서 그래요? 얼마 나왔어요? 줄게요."

주하는 언제나처럼 진담 같은 농담을 했다. 세나는 금
액을 정확히 말해 줄까 고민하다가 화제를 돌렸다.

"넌 뭐하고 다니길래 그런 구석에 박힌 조그만 카페 사
람들을 알아?"

"음… 별로 좋아할 것 같지 않아서 얘기는 안 했어요."

"얘기해 봐."

주하는 잠시 고민하다가 핸들을 돌리며 말했다.

"예전에 한밤중에 건달 몇 명이 거기서 난동을 피우길
래 정리를 좀 해 줬어요. 대단한 건 아니었어요. 경찰을
부를 정도도 아니었고. 코피 흘린 사람도 없고."

세나가 입을 다물고 있자 주하는 눈치를 살피듯 세나
를 바라봤다. 세나는 신호에 차가 멈춘 다음에야 입을 열
었다.

"내가 그 얘길 왜 안 좋아한다는 거야?"

"내가 뭘 지키는 거 안 좋아하잖아요."

"그게 아니야, 멍청아. 네가 날 지키려고 드는 게 싫은
거야."

세나는 창문을 열었다. 차가운 아침 공기가 차 안으로
흘러들어왔다.

"그리고 네가 괜히 위험해지는 것도."

"나도 그 정도 상황 판단은 할 줄 아는데."

"그러니까, 지금 같은 얘기는 해도 돼."

주하는 말없이 운전했다. 세나도 입을 다물었다. 차는 텅 빈 도로를 타고 구도심을 가로질렀다. 하늘이 천천히 밝아지면서 낡은 건물들이 길고 차가운 그림자를 드리우기 시작했다. 구도심의 건물과 간판, 물건들이 가진 2000년대 초의 독특한 색과 질감, 모서리가 햇빛을 받으며 힘겹게 참고 있던 숨을 뱉었다. 가람시에서는 볼 수 없는 약하지만 질긴 생명력이 담긴 풍경이었다.

구도심의 가장자리에 이르자 청계천 너머로 새로운 광경이 모습을 드러내기 시작했다. 날카롭지만 부드러운 실루엣의 건물과 장식과 도로들. 가람시다. 이윽고 원래 세계로 돌아온 안도감이 세나의 몸을 덮었다. 세나는 집 앞에 도착할 때까지 눈을 감았다.

주하가 차를 공용 주차장에 넣고 오는 동안 세나가 먼저 엘리베이터에 올랐다. 아파트의 차가운 엘리베이터 소리가 어제와 같다는 사실 하나만으로 세나에게 반갑게 다가왔다. 엘리베이터가 멈추고 문이 열리는 것과 동시에 문자가 도착했다. 편집장이었다.

살아 있으면 삼성역 특보 기사, 11시까지. 종이 1면, 인터넷 메인 예정. 현장 상시 보고. 출근 정오까지.

마침 현장으로 보냈던 기자가 살아 있다면 대박 기사를 쓸 수 있고, 죽었다면 이따위 문자를 보냈다는 걸 아무도 모를 테니까 보낼 수 있는, 그런 문자였다. 어차피 가람시 언론사에 대한 혜택이 사라지면 가장 먼저 잘릴 사람이 세나 같은 기자들이었다. 편집장은 자기 목을 붙들 특집을 원하는 것뿐이었다. 자를 테면 자르라지. 세나는 일부러 읽음 표시를 띄우고는 스마트폰 전원을 껐다.

세나는 침대에 드러누웠다. 이윽고 몸의 긴장이 풀리기 시작했다. 세나는 지난 24시간 동안 있었던 일은 최대한 떠올리지 않으려고 했다. 떠올리는 순간 다시 일상을 잃어버릴 게 분명하니까. 결국 그렇게 될 수 밖에 없겠지만 그래도 지금만큼은 일상을 꼭 붙잡고 있고 싶었다. 문득 주하가 택배로 보냈던 크리스마스 선물을 아직 뜯지 않았다는 걸 떠올리고는 침대에서 내려와 선물 상자를 들고 다시 침대에 앉았다. 흔들어 보니 상자 크기에 비해선 작고 가벼운 물건이 들어있는 듯했다.

마침 주하가 돌아왔다. 주하는 침대에 앉아 있는 세나를 보며 말했다.

"피곤할 건데, 회사에 연락하고 좀 자는 게 좋지 않아? 듣고 싶은 얘기는 많지만."

"일은 안 할 건데 자지도 않을 거야. 지금은."

세나는 무덤덤한 표정으로 상자의 포장을 뜯기 시작했다. 주하는 세나 옆에 어깨를 맞대고 앉아 그 모습을 지켜봤다.

"난 선물 같은 거 없어."

세나가 말했다.

"알아."

주하가 대답했다.

"근데 너, 어젯밤 문자부터 자꾸 반말이 섞인다?"

"다음 단계로 가고 싶어."

주하가 세나의 허리를 감싸며 말했다.

"우리, 포기하긴 이르다고 다시 생각했어. 모든 방법을 찾아보기로 했었잖아. 그래서…."

세나가 택배 상자를 열자 더 빨갛게 포장된 더 작은 상자 하나가 나왔다. 세나는 빨간 포장지를 천천히 뜯었고, 내용물을 보고는 손을 떨고 말았다.

임신 테스트기였다.

"다른 방법을 찾았어."

세나는 테스트기를 바닥에 떨어뜨리고 침대에서 일어났다. 그리고 물었다.

"그게 무슨 말이야? 문제는 나한테 있는데, 왜 네가 그걸 해결해?"

"병원에서 현대 의술로는 어떻게 할 수 없다고 했잖아. 그래서 찾아봤어, 그…."

"그 뭐?"

"마법사의 몸. 택시 운전사들끼리 네트워크 같은 게 있거든. 근데 손님 중에 마법사 정관으로 만든 가루를 파는 사람이 있었던 거야. 이게 행정기구 연구 결과까지 있는 건데, 남자가 이걸 먹으면 상대 여성이 불임이라도…."

세나는 머리가 어찔해졌다.

"야, 이 머저리 같은 놈아! 그걸 믿었다고?"

"진짜 연구 보고서까지 있었다니까?"

"그래서, 그걸 읽어 봤어?"

"아니, 자세히는 못 읽었지만 마법사의 가루로 생식 능력을 회복하니 어쩌니 하는 거였는데, 임상 실험 결과도 있었고…."

"자세히 안 읽은 게 아니고 논문이 있다는 것만 본 거겠지. 거기서 말하는 가루는 마법사의 망할 거시기 가루 같은 게 아니라고!"

세나의 목소리가 높아졌다.

"그걸 세나가 어떻게 알아?"

주하의 목소리도 높아졌다.

"내가 그 망할 가루 때문에 사람 2만 5000명이 죽는 꼴을 봐야 했으니까!"

"뭐?"

세나는 손바닥으로 이마를 감쌌다. 이마는 차가웠다.

"행정기구 놈들이 자기들 일을 도와주면 재개발 정책이 끝난 다음에 우리 일자리를 보장해 준다고 했어. 그리고… 마법사가 가지고 있던 가루로 내 생식 기능을 회복해 주겠다고. 내가 보류하기는 했지만."

"내 일자리를 세나가 왜? 도대체 왜 자기만 나를, 우리를 구하려고 하는 건데?"

주하는 잔뜩 낮아진 목소리로 말했다. 세나는 손바닥으로 얼굴 전체를 가렸다. 말이 나오지 않았다.

"왜 나도 세나를, 우리를 구하려고 하는 걸, 그럴 수도 있다는 걸 받아들이지 않는 거야? 왜 함께 같은 곳에 서기를 바라지 않는 거야? 도대체 언제까지…."

"주하야, 그건…."

"답해 달라고 묻는 게 아니야. 나도 알아."

"널 잃고 싶지 않아서."

"지금까지 세나를 구하려고 했던 사람들 모두를 잃었으니까."

"그만하자."

"그만할 거야."

짧은 침묵을 끼고 세나가 고개를 들었다.

"미안해. 네가 방법을 찾아본 것 때문에 그런 게 아니야. 오늘은, 아니 어제부터 정말 마법사와 관련된 일이라면 진절머리가 나서 그래. 다른 방법이 있다면 당연히 나도 같이 고민할 거야."

"아니, 나도 내가 사기당한 거 알고 나니 나한테 화가 나는걸. 이렇게 멍청해서 어떻게 다음 직업을 찾겠어."

창문에서 벽과 바닥으로 아침 햇살이 스며들기 시작했다. 하얀 벽에 산란된 빛이 세나와 주하를 부드럽게 비추었다. 세나는 고개를 돌려 주하를 바라봤다.

"어찌 되든 잘 해낼 수…."

세나는 말을 멈췄다. 당장 말을 뱉을 수가 없었다.

주하의 얼굴 위로 일그러진 또 다른 얼굴이 보였다. 썩어서 살점이 당장이라도 뚝뚝 떨어질 것만 같은 반투명한 얼굴이 주하의 목에 매달려 있었다.

　세나는 떨리는 목소리로 물었다.

　"너 그 가루 먹었어?"

　"그 사기당한 가루? 아니. 아직은."

　그렇다면 왜?

　"너, 그 가루 판 사람 만났어?"

　"만났지. 내 차에 탔어."

　"그리고? 물건 주고받는 거 말고는 뭐 했어?"

　"별로 한 게 없어. 아, 차 안에서 판매자가 엄청 짙은 담배를 피우는 바람에 고생은 좀 했지. 연기 엄청 마셨을 거야."

　연기로도 흡입이 가능할지도 모른다. 마약처럼 코로 흡입하는 경우도 있으니까. 세나는 마법사의 부활 조건을 떠올렸다. 마법사의 생식기와 오염되지 않은 여자.

　"어떤 사람이었어? 얼굴 기억해?"

　"갑자기 왜?"

　"기억하냐고. 얘기해 줘, 제발."

　"음, 타기 전에 택시 안을 최대한 어둡게 해 달라고 하고 연기도 자욱해서 자세히는 안 보였고, 옷도 무슨 수도자 같은 로브에 후드까지 쓰고 있어서… 몸 상태가 안

좋은지 얼굴이 벌겋게 달아올라 있었어. 벌겋다기보다
는, 황달인가, 오렌지색에 가까웠던 거 같아."

오렌지맨이다. 오렌지맨이 주하와 접촉했었다. 세나는
오렌지맨이 자신에게 한 말을 떠올렸다.

그분은 언제나 당신과 함께 있다. 그분이 당신을 골랐다.

주하의 얼굴 위에 겹쳐진 썩은 피부의 얼굴. 세나는 그
얼굴의 표정을 살폈다. 웃고 있는 것처럼 보였다. 확신할
수는 없었다. 화가 난 것처럼 보이기도 했다.

저게 주하의 비물질적인 얼굴인 걸까? 저렇게 썩어 버
린 걸까? 마법사의 몸을 먹은 이들은 오래 살지 못한다고
했다. 모든 게 오렌지맨의 계획이었다면, 주하는 지금 마
법사 부활을 위한 일회용 도구가 된 것이었다.

"주하야, 너, 오늘 집에 있어 줘. 아무 데도 가지 말고."

"무슨 소리야? 갑자기."

"부탁이야."

세나가 주하와 이마를 맞대며 말했다.

"이번 일만 끝나면 다음 단계로 갈 수 있을 거야. 너와
나, 함께, 같은 곳에 서서."

◆

　주하는 택시 회사에 연락해 오늘 하루 비번을 신청했다. 세나에게 자세힌 사정을 묻지는 않았다. 대신 한숨도 자지 않았다는 세나를 잠시라도 재우려고 했지만 세나는 말짱하다며 거절했다. 세나는 주하를 한 번 안아 주고는 집을 나오며 다시 스마트폰을 켜서 페이에게 문자를 보냈다.

　도움이 필요해요. 나 말고, 주하.

　1분도 지나지 않아 답장이 왔다.

　한 시간 뒤, 광화문. 차가 좀 밀려서.

　세나는 택시를 잡으려다가 마음을 바꿔 지하철 역으로 향했다. 역 내부의 모니터들 절반 가까이는 여전히 삼성역 사고에 대해 특보를 내보내고 있었고, 사람들의 대부분은 말없이 스마트폰으로 뉴스를 보고 있었다.

　전철이 승강장으로 들어오자 세나는 사람들을 비집고 올라탔다. 수만 명의 사상자가 확인된 사고가 있었더라도, 다음 날 아침에 어김없이 출근해야 하는 사람들이 전철 안을 가득 채웠다.

　세나는 이제 받아들여야 한다고 생각했다. 자기가 사

고 현장에 있었다는 것을. 막을 수 있든 없든, 그 사고가 일어날 것을 알고 있었다는 것을. 세나는 스마트폰을 꺼내 뉴스를 살폈다. 확인된 사망자 1831명, 부상자 512명, 실종자 1만 명 이상.

뉴스 페이지 최상단에 속보가 떴다. CCTV 분석을 통해 폭발물을 이용한 테러 가능성이 확인되었고, 용의자가 발표되었다는 내용이었다. 세나는 기사를 대충 훑으며 페이지를 내렸다. 골고다교 백업 서버의 CCTV 영상에서 추출한 용의자의 모습이 기사 아래에 붙어 있었다.

세나는 스마트폰을 떨어뜨릴 뻔했다. 큼직한 픽셀 때문에 정확한 인상착의는 알 수 없지만, 거기 있는 것은 세나와 페이, 박영이었다. 그럴 리가, 도대체 왜?

세나는 기사를 다시 자세히 살폈다. 폭발이 일어나기 전, 새신도 예배실 CCTV 시야에서 급하게 자리를 뜨며 사라졌고, 이후로는 촘촘하게 설치된 다른 CCTV에 전혀 모습을 비추지 않은 사람들.

용의자가 되었다. 어떻게 해야 할까? 다시 집으로 돌아가야 할까? 하지만 페이를 만나야 한다. 속보는 방금 올라온 것이다. 아직 사람들의 머릿속에 각인되지는 않았을 것이고, 설령 그렇다고 하더라도 매일 보는 사람이 아니고서야 이 정도 화질로 알아볼 수 있을 리 없다. 적어도 아직은.

세나는 그렇게 생각하면서도 주변의 시선을 의식하며 고개를 숙였다. 적당한 곳에서 내려 다른 이동 수단을 찾기로 했다. 전철이 이동하는 동안, 어떤 사람은 뉴스를 보며 용의자들이 마법사 숭배자라고 주장했다. 다른 사람은 마법사의 신체를 노린 거대 조직의 일원이라고 했다. 단순한 종교 혐오자라는 말도 나왔다. 세나는 무시했다.

전철이 멈췄다. 어느 역인지 듣지 못했어도 세나는 내려야 했다. 승강장에 기다리고 있는 사람은 많았지만, 내리는 사람은 많지 않았다. 세나는 머리카락을 만지는 척하며 얼굴을 가리고 전철 밖으로 나왔다.

출구를 찾기 위해 고개를 돌렸을 때, 누군가 세나의 팔을 거칠게 잡아당겼다. 잡는 힘이 너무 세서 세나는 자칫 소리를 지를 뻔했다.

"세나!"

서무부장의 비서 상준이었다. 하지만 평소와 눈빛이 달랐다. 여전히 세나를 미워하는 시선이었지만 거기에 낯선 분노가 섞여 있었다. 상준은 세나의 발끝부터 머리끝까지 살피더니 들고 있던 스마트폰을 슬쩍 확인했다.

아뿔싸, 어제 출근 이후로 옷을 갈아입지 않고 있었
다. CCTV에 찍혔을 때와 같은 옷이었다. 게다가 상준과
는 매일 같은 곳에서 일했다. 게다가 의도했건 하지 않았
건 세나는 어제 그의 연인의 책상을 차지했다. 눈빛으로
봐서는 회사 동료라고 감춰 줄 것 같지는 않았고, 예상은
틀리지 않았다.

상준이 세나의 팔을 더 세게 붙들고 소리쳤다. CCTV 사
진을 띄운 스마트폰을 사람들에게 보여 주면서.

"도와줘요! 이 사람 삼성역 테러 용의잡니다!"

주변 사람들이 수군거리더니 남자 몇 명이 와서 세나
의 팔과 다리를 붙잡았다. 그리고 바닥에 넘어뜨려 제압
했다. 승강장 바닥은 미칠 듯이 차가웠다.

"잠깐, 나 아니라고요! 그냥 거기 있었을 뿐이라고!"

세나가 외쳤다.

"거기 있었을 뿐인데, 어떻게 지금 여기 말짱하게 있
어? 몇 명이나 죽었는지 알아?"

"거기 경찰 불러! 뭐가 그리 당당해서 지하철을 타고
있어?"

정의감과 확신에 가득찬 사람들이 세나의 팔과 다리를
비틀었다. 세나는 거칠게 신음했다. 호루라기 소리가 들

렸다. 역무원이거나 경찰이 오고 있는 게 분명했다. 순순히 잡힌 후 침착하게 설명하더라도 아무도 믿지 않을 게 분명했다.

여기서 빠져나가야했다. 페이를 만나고 주하를 도와야 한다. 오렌지맨이 주하를 이용하려 했다면, 다시 위험해질 수 있다. 개새끼들, 날 방해하지 마. 세나는 소리 없이 외쳤다.

세나의 왼쪽 눈이 붉게 빛났다. 세나의 팔다리를 제압하고 있던 사람들의 몸이 순식간에 뒤로 날아갔다. 날아간 몸뚱이들이 벽과 기둥에 부딪힐 때마다 숨이 빠지는 듯한 신음과 둔탁한 충격음이 쏟아졌고 곧 짧은 비명이 이어졌다.

"이년 마법을 쓰잖아!"

누군가 소리쳤고, 마녀라는 단어가 섞인 수군거림이 퍼져나갔다. 사람들이 모두 뒤로 물러섰다.

"시체를 숭배하고 먹은 년이다!"

"테러리스트는 가람시에서 나가! 구도심으로 돌아가!"

또 누군가 소리쳤다.

오해를 풀 상황이 아니었다. 세나는 있는 힘껏 달려서 그곳을 벗어났다. 눈앞에 있는 아무 계단을 뛰어 올랐다.

지상에 오르자 크게 한 번 숨을 쉬고는 다시 달렸다. 땀
방울이 등과 목을 적시고 콧등으로 흘러내렸다.

길거리의 사람들은 대부분 스마트폰을 보며 걷고 있었
다. 아무도 세나에게 관심을 가지지 않았다. 세나는 속도
를 낮춰 걸었다. 눈에 띄지 않게 광화문까지 이동해야 했
다. 세나는 페이가 국정원에 인맥이 있다고 한 사실을 떠
올렸다. 페이라면 이 상황을 어떻게든 해결할 수 있을 거
야. 세나는 그런 막연한 믿음으로 스스로를 진정시켰다.

갑자기 세나의 스마트폰이 정신 없이 울리기 시작했
다. 온갖 종류의 메시지 앱과 가입 후 한 번도 열어 보지
않은 SNS에서 알림이 도착했다. 세나는 최대한 침착하
게 알림을 확인했다.

"진짜야?", "거짓말이지? 오해지?", "더러운 가람년! 서울에서
나가!", "사이비 광신도야!", "세상에, 어떻게 그럴 수가 있어?",
"죽어.", "암적 존재", "대량 살인자", "역사가 널 박제할 거다."

신분이 알려진 게 분명했다. 세나는 다시 뉴스를 확인
했다.

「용의자 중 한 명은 신고를 통해 가람시에 사는 30대
여성 유세나 씨로 밝혀졌으며, 현재 경찰은 유세나 씨의
신변 확보와 가택 수사를 위한 준비를 진행하고….」

망할.

세나는 바로 주하에게 전화를 했다. 한참이나 신호가 갔지만 받지 않았다. 끊고 다시 걸었다. 이번에는 바로 받았다. 세나는 주변에 들리지 않을 만큼의 목소리로 말했다.

"주하야, 집에서 나와! 현관으로 나오지 말고, 비상구로 내려와서, 일단… 일단 가람시와 서울 말고 다른 곳으로 가. 일이 잘못됐어, 미안해. 뉴스는 사실이 아니야, 나중에 설명해 줄게."

종로, 골고다 호수교회로. 혼자. 지금 당장.

주하 목소리가 아니었다. 전화가 끊어지고 사진이 한 장 도착했다. 이마에서 피를 흘리며 바닥에 쓰러진 주하였다. 바닥의 문양은 세나와 주하의 집과 달랐다.

세나는 옆을 지나가던 어린 남학생의 야구 모자를 슬쩍 훔쳐 썼다. 그리고 다시 달렸다.

◆

제2골고다예수재림교 종로호수교회.

세나는 간판을 확인한 뒤 주변을 살피고 안으로 들어 갔다. 전형적인 작은 골목 교회였다. 흔히 볼 수 있는 긴 의자들이 가지런히 놓여 있고, 높은 창문에서 들어오는 햇빛이 어둠을 갈랐으며 그 안에서 먼지가 반짝였다. 다른 점이라면 벽에 장식된 그림이 십자가 위의 예수가 아니라 구덩이 속의 마법사 시체라는 것과 내부가 영안실처럼 좁다는 것 정도였다. 창틀에 가득 쌓인 먼지는 이곳이 오랫동안 사용되지 않았다는 것을 알려 줬다. 세나는 신입 때 쓴 기사를 떠올렸다. 이런 유령 교회는 골고다교의 전형적인 부동산 투자 전략 중 하나였다. 교회가 생기면 주변 땅값이 내려가고 같은 조건의 인근 지역은 반대로 올라가니까.

세나는 바닥에 떨어져 있던 짤막한 각목 하나를 집어 들었다.

"주하야!"

짧은 메아리 뒤, 정적. 세나는 천천히 주위를 둘러보며 강단을 향해 더 깊이 들어갔다. 강단 위에는 작은 침대 크기의 테이블이 있었다. 깨끗한 흰 천으로 덮인 테이블 위에는 세나가 지금까지 본 적 없는, 앞으로도 보고 싶지 않은 기괴한 모습이 펼쳐져 있었다.

조각난 시체라는 건 분명했다. 왼쪽 끝에는 지저분하게 잘린 머리카락과 여기저기가 찢어진 사람의 얼굴 가죽, 그리고 턱뼈가 있었다. 그 아래에는 검은 살점이 붙은 갈비뼈와 허리뼈 몇 개가 줄 지어 있었고, 그 사이사이로 말라비틀어진 심장과 위, 알아볼 수 없는 다른 내장들이 놓여 있었다. 팔뚝과 허벅지 위치에는 뼈밖에 없었지만, 다른 팔다리는 아직 살점이 남아 있었다. 손목과 발목 아래는 없었다.

"내 컬렉션이라네, 유세나 자매."

입구 쪽이었다. 검은 코트를 입은 왜소한 노인이 문을 닫고 있었다. 문은 소리 없이 닫히는 대신 많은 먼지를 햇빛 속에 털어냈다. 반짝이는 먼지 입자를 가르며 노인이 돌아섰다. 온화한 얼굴이었다. 세나는 그 노인을 어디서 본 것 같은 느낌이 들었다.

"재림 예수의 성체를 보관하기엔 누추한 곳이지만, 이런 곳일수록 사람들의 관심에서 벗어날 수 있거든."

노인이 입김을 뿜으며 말했다. 그는 한 발짝 한 발짝 세나를 향해 다가오고 있었다. 무언가 익숙했다. 들은 적 있는 목소리였다.

"당신, 어제 부활의 전당에서…."

"오, 좋은 기억력을 가진 자매로다."

아니다, 목소리가 아니다. 세나는 그의 얼굴을 기억하고 있었다. 부활의 전당에서는 얼굴이 거의 보이지 않았다. 다른 곳에서 본 적이 있었다.

"유세나 자매도 베들레헴의 별이 나타났을 때 주님의 은혜를 받았기를, 그저 깨닫지 못하고 있는 것일 뿐이기를 바라네."

베들레헴의 별. 기억났다. 15년 전, 재난이 일어나기 직전 광장 구석에서 튀어나와 소리치던 바로 그 중년 남자!

"자매를 잡으러 보낸 사도에게 성체를 조금 빌려주었는데 돌아오지 못해 가슴이 아파. 용이 먹었다고 하던데. 거룩한 성체가 마귀의 피와 살이 되다니 안타까워. 그 사도도 한때는 돈과 인기에 취해 방랑했으나 회개하고 내게로 와 구원을 받았으니 이 역시 주님이 인도하신 길이겠지. 그러니 부디, 그대가 가져간 주의 몸만큼은 다시 돌려주기를. 주의 부활 앞에서는 어떤 희생도 고귀하겠으나 그래도 몸이 성한 모습으로 주를 맞이하는 편이 좋지 않겠는가."

노인이 주머니에서 반짝이는 물건을 꺼냈다. 아이스크림 스쿱처럼 생긴 물건이었다. 하지만 손잡이를 비롯한

부품들은 아이스크림이 아니라 바위라도 파낼 것처럼 컸다. 대신 오목하게 파인 스푼 부분은 이상하리만치 작았다. 마치 탁구공을 담기 위한 것처럼.

세상에, 저건 눈알을 파내기 위한 도구다! 세나가 상황을 파악했을 때, 노인이 세나에게 달려들었다. 노인에게 어울리지 않는 재빠른 움직임이었다. 세나가 엎드려 피하자 노인이 바닥에 넘어졌다. 세나는 허겁지겁 다시 일어나 들고 있던 각목을 두 손으로 꼭 붙잡고 앞으로 내밀었다.

"이 도둑고양이 같은 년이!"

노인의 얼굴에서 온화함이 사라지고 분노가 물결쳤다. 노인은 다시 일어서서 입고 있던 코트를 벗었다. 세나는 거기서 다시 한 번 낯익은 물건을 보았다. 오렌지색 보형물이 노인의 가슴을 덮고 있었다.

"나도 한때는 주의 성체를 알아보지 못하고 탐냈었지. 하지만 죄를 뉘우치고 성체를 주께 돌려드렸다. 그리고 남은 성체도 주께 돌아가야 해. 너무 걱정하지 말게, 자매. 오렌지색 의안(義眼)이 자매에게 참 잘 어울릴 거야."

"헛소리 그만해! 주하는 어디 있어?"

세나는 그렇게 말하고는 각목을 버리고 옆에 쓰러져

있던 금속 촛대를 들어 올렸다.

"그 형제는 안타까워. 사탄의 유혹을 이기지 못하고 그런 실수를 저질렀어. 고작 생식의 욕망이라니. 하늘 위의 왕국에서는 믿기만 해도 아이가 생길 것인데."

"너희들이 속인 거잖아! 그 오렌지맨이! 망할 시체 담배까지 피워 가면서!"

"때로는 사탄의 유혹도 주의 위대한 계…."

세나가 재빨리 촛대를 휘둘러 노인의 손목을 쳤다. 손목에 있던 안구 스쿱이 날아가 쓰러진 장의자 아래의 깊은 그림자 속으로 사라졌다. 노인이 괴성을 지르며 다시 달려들었다. 세나는 다시 촛대를 휘둘러 노인의 옆구리를 쳤다. 하지만 노인은 자세만 조금 흐트러질 뿐이었다. 고통을 전혀 느끼지 못하는 것 같았다.

노인이 다시 자세를 잡았다. 세나는 정신을 집중했다. 지금까지 두 번, 사람을 날려 버렸었다. 항상 감정이 격앙되었을 때였다.

"주하는 어딨냐고!"

세나의 왼쪽 눈이 빛나면서 보이지 않는 물리력이 노인을 세게 치고 지나갔다. 노인의 얼굴과 상체가 찢어지고 벌겋게 물들었다. 하지만 몸은 그 자리를 지키고 있었다.

"자매가 성스러운 힘을 쓴다면, 나도 어쩔 수 없지."

노인이 뒷주머니에서 무언가를 꺼냈다. 마법사의 뼈로 만든 칼일까? 세나는 다시 촛대를 붙잡으며 몸을 긴장시켰다.

"거기 앉게."

노인은 그렇게 말하며 주머니에서 꺼낸 것을 펼쳤다. 목걸이였다. 그리고 목걸이에는 엄지손가락이 걸려 있었다.

세나는 그 자리에 주저앉았다. 저항하고 싶었지만, 그럴 수 없었다. 세나의 왼쪽 눈에는 노인의 입과 엄지손가락 사이에서 붉은 빛이 춤추고 있는 것이 보였다.

"최대한 불필요한 상처는 남기지 않는 방법을 쓰려고 했어. 그래야 의안을 예쁘게 집어넣을 수 있으니까. 내 나름의 배려였지."

노인은 목걸이를 목에 걸었다.

"이 개새끼!"

"침묵하라."

세나의 입이 닫혔다. 그리고 열리지 않았다. 노인은 바지 주머니에서 10센티미터 길이의 십자가를 꺼냈다. 십자가 아랫쪽 긴 부분을 잡아당기자 칼집처럼 벗겨졌고 뼈처럼 새하얀 세라믹 칼날이 나타났다. 십자가는 크로

스가드가 달란 조그만 단검으로 변했다. 세나는 노인이 무슨 일을 하려는지 깨닫고는 고개를 저었다. 잠깐, 그만 둬! 목소리가 나오지 않았다.

노인은 세나를 발로 밀어 넘어뜨리고 그 위에 앉았다. 그리고 세나가 들고 있던 촛대를 걷어차 떨어뜨려 놓았다.

"얌전히 있어."

노인의 손가락이 세나의 왼쪽 눈꺼풀을 들어 올렸다. 세나의 처절한 비명은 목 아래에서 맴돌 뿐이었다.

칼끝이 세나의 각막을 찢고 들어갔다. 왼쪽 눈이 보는 세상이 기괴하게 일그러지기 시작했다. 오른쪽 눈에서는 눈물이 흘러내렸다. 이윽고 왼쪽 세상이 사라졌다.

세나는 힘겹게 팔을 움직여 필사적으로 노인의 몸을 밀쳐내려고 했다.

"기도하게."

노인이 말했다.

세나가 노인의 옷을 붙잡고 자기 몸을 향해 잡아당겼 다. 노인은 갑작스런 힘의 방향 변화에 저항하지 못하고 세나의 몸 위로 쓰러졌다.

세나는 오른쪽 눈으로 코 앞에 다가온 노인의 얼굴을 보며 말했다.

"좆까."

세나는 다시 움직이기 시작한 발로 노인을 걷어찼다. 노인은 바닥을 한 번 구르고는 몸을 일으켜 당황스러운 듯 목덜미를 살폈다. 세나는 왼쪽 눈에 십자가 칼이 박힌 채로 상반신을 일으켰다. 세나의 오른손에는 끊어진 목걸이 줄이 흘러나와 늘어져 있었다. 오른손은 잡은 것을 놓칠 수 없다는 듯 단단하게 주먹을 쥐고 있었다.

노인은 방금 세나가 한 말을 떠올리고는 갑자기 바지 속으로 두 손을 넣었다. 무엇을 어떻게 해야 할지 모르겠지만 무언가를 해야만 하는 표정이었다.

"주하 어딨어? 대답해."

세나가 물었다.

"몰라. 살아는 있을 거야. 그러니까 제발 이건 그만둬."

노인의 바지가 붉게 물들기 시작했다. 노인은 불쾌한 소리를 내며 고통을 호소했다. 그러더니 갑자기 무언가를 깨달은 듯 입을 닫고는 세나를 노려봤다.

"네가 감히!"

노인은 세나에게 몸을 날렸다. 세나는 미처 피하지 못해 노인의 몸에 다시 한 번 깔렸다. 폐에서 공기가 갑자기 빠져나가면서 세나는 숨이 막혀 말을 할 수가 없었다.

"애새끼가 감히! 망할 촌년이 감히! 나한테!"

노인은 바지에서 손을 꺼내지 못한 채 세나에게 침을 튀기며 소리쳤다. 노인의 몸은 메마른 겉모습으로는 상상할 수 없을 만큼 무거웠다. 어쩌면 세나가 너무 지쳐서 그렇게 느낀 것일 수도 있다.

세나는 팔을 옆으로 뻗어 떨어져 있는 촛대를 향해 손을 내밀었다. 고개도 촛대를 향해 돌리자 왼쪽 눈에서 나온 피가 오른쪽 눈을 적셨다. 하지만 눈을 감을 수는 없었다. 세나는 필사적으로 눈을 뜨고 손끝과 촛대를 바라봤다.

노인이 세나의 관자놀이에 이마를 박았다. 머리가 콘크리트 바닥과 연달아 충돌하면서 눈앞이 잠깐 어두워졌다. 시력이 돌아오자마자 세나는 다시 손을 뻗었다. 하지만 노인은 다시 자기 머리로 세나의 머리를 내리쳤다. 계속 내리쳤다. 세나가 목걸이를 쓰지 못하도록 턱에도 머리를 내리쳤다. 노인의 이미와 코에서 피가 흘러나와 세나의 얼굴로 떨어졌다. 노인이 이번엔 고개를 돌려 옆을 바라보고 있는 세나의 얼굴 정면을 가격했다. 세나의 눈에 박혀 있던 칼이 더 깊이 들어가면서 세나는 괴성을 질렀다. 그리고 그 괴성의 힘을 받아 촛대를 붙잡고 날카로운 끝으로 노인의 옆구리를 찔렀다.

노인이 비명을 지르려는 듯 고개를 들고 입을 벌렸을 때, 총성이 울리며 노인의 목이 터졌다. 노인은 그대로 옆으로 쓰러졌다.

"세나!"

페이가 권총을 거두며 세나에게 달려왔다. 세나의 어깨에 손을 얹고 흔들며 페이가 말했다.

"세나, 정신 들어요? 말 좀 해 봐요!"

세나는 신음과 울음이 섞인 소리를 내며 천장을 올려다 봤다. 페이의 얼굴을 잠깐 바라보고는 양손을 천천히 왼쪽 눈을 향해 가져갔다. 손가락 끝으로 눈 주변을 잠시 어루만졌다. 아직도 피가 흘러내리고 있었다.

세나는 몸을 일으켜 세웠다. 눈두덩이에 고여 있던 피가 왈칵 쏟아졌다. 세나는 입을 크게 벌리고 공기를 잔뜩 들이켰다. 그리고 순간적으로 이를 악물고는 왼쪽 눈에 박혀 있던 십자가 칼을 잡아당겼다.

다음 순간, 세나의 목에서 터져나온 비명은 더 이상 과거 속 세나의 것이 아니었다.

*

남자 친구가 먼저 차 지붕에서 내렸다. 그리고 천천히 세나의 몸도 내려서 등 위에 업었다. 하지만 힘이 부족해 제대로 일어서지도 못했다.

"미안해."

남자 친구가 말했다. 그러고는 세나의 팔을 어깨에 감고 다시 몸을 일으켰다.

"조금만 더 가면 돼."

조금만 더, 어디로? 세나는 목소리를 내지 못했다. 뒤를 돌아보니 밤하늘이 깨진 유리처럼 찢어졌고 갈라진 틈으로 불과 번개가 쏟아졌다. 불과 번개 모두 이 세상의 것이 아니었다. 불은 옷을 적시는 피처럼 하늘을 차지해 나갔고 번개는 끊임없이 뻗어나가고 갈라지며 하늘을 조각냈다.

번개의 끝이 세나 뒤로 수십 미터 떨어진 곳에 닿은 순간 공간이 증발하는 것처럼 폭발이 일어났다. 주변에 있던 모두의 몸이 충격파에 휩쓸려 날아갔다. 세나와 남자 친구도 예외는 아니었다.

정신을 차리니 세나는 야전 병원의 침대 위에 있었다. 몸여기저기에 붕대가 감겨 있었고 상처가 덧나지 않게 함부로 움직이지 못하도록 얇은 이불로 돌돌 감겨 있었다.

고개를 돌려 왼쪽을 보았다. 아무도 없었다. 오른쪽을 보았다. 역시 아무도 없었다.

간호사 한 명이 세나가 깨어난 걸 확인하고는 다가와 동공과 맥박, 상처를 확인했다. 그러고는 이불 밑 세나의 손을 꼭 잡으며 말했다.

"누굴 찾는 건지 알아."

"어디 있어요?"

"동생? 오빠?"

세나는 남자 친구라는 말을 차마 꺼내지 못했다. 간호사는 이불을 느슨하게 풀어 세나의 몸을 천천히 일으키고는 상처를 피해 꼭 안아 줬다.

"넌 정말 소중한 사람이었구나. 아무 걱정하지 마."

세나가 간호사의 말을 이해하려던 사이, 주머니 속 휴대 전화가 연달아 진동했다. 전파가 끊어졌다가 다시 연결된 것 같았다. 수십 통의 문자 메세지가 도착해 있었다.

세나는 맨 위에 있는 마지막 문자 메시지를 확인했다.

◆

세나가 눈을 떴다. 이번만큼은 꿈이 기억났다. 꿈이 아니라 기억 그 자체였기 때문일지도 몰랐다. 하지만 회상과는 달랐다. 정말 과거로 다녀온 것만 같은 생생한 느낌에 세나의 가슴은 불안하게 뛰었다.

"옆에 물 있으니까 마셔요. 여덟 시간 정도 잤어요. 벌써 밤이에요."

페이가 운전석에서 말했다. 세나는 자기가 움직이는 차의 뒷좌석에 누워 있다는 걸 깨달았다. 어느 차인지는 굳이 묻지 않아도 알 수 있었다.

"무슨 일이 있었는지 기억나요?"

페이가 물었다. 세나는 고개를 끄덕였다.

"눈….”

세나가 왼쪽 눈 주위를 만지며 말했다. 두꺼운 안대가 붙어 있었고, 이마를 대각선으로 가로지르는 붕대가 그걸 고정하고 있었다.

"일단 응급 처치만 했어요. 마법사의 각막을 제거할 수 있는 도구를 가져왔었는데, 이런 용도로 쓰게 될 줄은 몰랐네요."

"다시 볼 수는 없겠죠."

"아마도. 미안해요. 지금 우린 병원에 갈 수 있는 상황이 아니라서. 모든 일이 끝나면 제대로 된 병원에 가서 남아 있는 안구 조각을 적출해야 할 거예요."

세나는 아무 말도 하지 않았다. 이미 지나간 일을 되돌아 곱씹을 생각은 없었다. 세나는 천천히 몸을 일으켰다.

"배고파요. 먹을 거 없어요?"

"발밑에 햄버거가 몇 개 있어요."

페이의 말이 끝나기 무섭게, 세나는 햄버거 포장을 뜯었다. 햄버거와 물병을 양손에 들고 게걸스럽게 먹고 마시기 시작했다. 햄버거 소스가 얼굴과 붕대에 묻고 옷 위로 떨어져도 신경 쓰지 않았다.

"그 노인, 골고다교 교주. 15년 전에 본 적 있어요. 그땐 그냥 정신 나간 광신도였는데."

세나가 말했다.

"괴물의 씨앗이었죠."

페이는 고개를 끄덕이며 동조했다.

"세나 씨와는 기묘한 인연이었군요. 아무래도 연쇄 살인범은 오렌지맨이 아니라 그 사람이었던 거 같아요. 오렌지맨은 그의 말을 따른 것뿐이고."

"그 교주는 마법사의 엄지손가락이 달린 목걸이를 갖고 있었어요. 그걸 목에 걸고 나니 그 사람 말을 거절할 수가 없었고. 아마 오렌지맨도 그렇게 이용당한 거겠죠."

"마법사의 얼굴 가죽으로 원하는 얼굴과 연기를 만들어 낸 것 같아요. 그렇게 연예인 겸 배우로 반짝 인기를 끈 거겠죠. 마법사의 얼굴 가죽을 쓰고 다니다 교주에게 얼굴을 빼앗겨서 오렌지 가면을 쓰고 다닌 거고."

"교주도 가슴에 오렌지색 보형물을 달고 있었어요. 폐나 심장이라도 가져다 썼었겠죠. 그것보다, 교주는 주하가 어디 있는지 몰랐어요. 거짓말은 확실히 아니었고."

"진짜 흑막이 누군지 알 거 같아요."

페이가 목을 가다듬었다.

"제임스 카터 대령. 삼성역 테러부터 윤주하 씨 납치까지, 전부 그놈의 계획이었어요."

"어떻게 안 거죠?"

"거기 있던 신체들 중 일부는 제가 세나 씨를 처음 찾아가기 전까지만 해도 행정기구가 가지고 있던 것들이었어요. 교주가 연쇄 살인 과정에서 모은 게 아니라고요. 아침에 다시 연구실로 들어가서 알아봤는데, 카터 대령이 지휘권을 가진 직후에 머리만 남기고 마법사의 신체 모두를 유실로 처리했더군요. 행정기구의 관리 부실이라면서. 그리고 그걸 오늘 교주가 가지고 있었고. 교주와 거래를 했겠죠."

세나가 햄버거를 한 입 물고는 운전석 쪽으로 고개를 내밀었다.

"그래서, 주하는 어디 있다는 거예요?"

"그라운드제로 타워. 지금 거기로 가고 있어요. 세나 씨 집을 수색한 건 경찰이 아니라 라이트홀드 연대였어요. 마법이 연관되었다는 게 드러나자마자 관할이 바뀐 거죠. 주하 씨는 그때 납치된 거 같아요."

"증거는요?"

"세나 씨 스마트폰에 도착했던 주하 씨 사진에는 NFT가 적용되어 있었어요. 그중에서도 라이트홀드에서만 쓰는 블록체인을 이용한 거였고. 라이트홀드가 찍어서 교주에게 보낸 거죠."

"멍청이가 아니고서야 그 정도는 감추고 보내겠죠."

"그래서 카터가 배후라는 거죠. 카터는 라이트홀드도 버리거나 발판으로 쓸 계획인 거고. 그놈은 자기 몸에 마법사를 부활시킬 생각인 거예요. 삼성역 테러와 오렌지맨으로 행정기구를 무너뜨리고 라이트홀드가 별다른 의

심 없이 가람시에 들어와 용과 마법사를 차지할 수 있게
한 거죠."

"근데 주하 사진은 어떻게 본 거죠? 내 스마트폰을 열
어 봤나요?"

"세나 씨가 메시지 앱을 설치했을 때부터 패스워드와
위치 정보를 해킹하고 있었어요. 그건… 미안하게 됐네
요. 하지만 덕분에 세나 씨를 구할 수 있었죠."

"당신이 거기 없었어도 전 교주의 사지를 찢었을 거예
요. 당신 때문에 교주 비명을 못 들었죠."

"…그랬겠죠."

페이는 잠시 침묵을 끼고 말을 이었다.

"그런데 주하 씨를 납치한 이유는 모르겠어요. 세나 씨
를 유인하려고 한 거 같은데, 마법사의 눈은 마법사 부활
과 상관없어요. 교주는 아무 의미 없는 짓을 하고 있었다
고요."

세나는 짧은 침묵 후에 말했다.

"뭔지 알 거 같아요."

"네?"

"주하는… 오렌지맨한테 속아서 마법사의 정관으로 만
든 연기를 흡입했어요. 아마 생식기는 일찌감치 팔려나

가면서 가루나 담배로 가공된 거 같아요. 그래서 그 대신 누군가의 몸에 주입할 필요가 있었겠죠. 주하를 마법사의 생식기 역할로 쓸 생각인 거예요."

"그럼 세나 씨는 오염되지 않은 여자가 되는 건가요?"

"그 오염이라는 말이 좀 애매하고 기분 나쁜데… 처녀성을 말하는 거라면 이미 틀렸다는 거 잘 알잖아요."

"처녀성이 어쩌고 하는 게 진부한 설정이긴 하죠. 다른 뜻일 수도 있어요. 라이트홀드가 굳이 사진까지 보내 가며 교주가 세나 씨를 공격하도록 도운 이유가 있을 거예요. 오염되지 않은 여자가 세나 씨가 아니라, 관련된 누군가일 수도 있고."

"난 친구 없어요."

갑자기 강렬한 통증이 세나의 왼쪽 눈을 덮쳤다. 세나는 손바닥으로 눈을 감싸며 무릎 위로 얼굴을 묻었다.

페이가 그 모습을 보고 말했다.

"진통제가 있어요. 센 거니까 적당히 먹어요. 정말 견디지 못할 땐… 모르핀도 있어요. 눈 응급 처치를 하다가 남은 건데, 대신 그건 쓰고 나면 정신을 좀 못 차릴 거예요."

"일단… 일단 그 라이트홀드, 카터 그 개새끼가 있는 곳으로 가요. 부디 어딘지 알길 바라고. 마법사가 부활하

건 말건 난 주하를 찾아야 해요. 내가 당신 때문에 개고생 했으니 이제 당신이 날 도와줘요."

세나는 진통제 세 알을 입에 털어 넣고 물병을 기울였다. 모르핀에는 관심이 없었다. 몽롱한 정신으로 주하를 구할 수는 없을 테니까.

◆

그라운드제로 공원은 경복궁터 보존 구역 북쪽 끝에 있었다. 공원 중앙에는 원뿔 모양의 그라운드제로 타워가 솟아올라 하늘을 떠받쳤다. 표면은 수백 개의 녹색 안개 유리로 덮여 있어 12월 25일이 되면 다양한 색깔의 조명과 어우러져 거대한 크리스마스트리가 되었다. 꼭대기에는 베들레헴의 별 대신 평범한 헬리콥터 착륙장이 감춰져 있었다.

건물 안을 나선으로 올라가는 복도 좌우에는 15년 전 희생된 7만 명의 사진과 이름, 그들이 마지막으로 남긴 일상의 흔적들이 전시되어 있었다. 12월 25일 단 하루만 공개되는 전시장이었다.

페이는 차를 그라운드제로 타워 앞에 세웠다.

"여기 있는 건 어떻게 알았죠?"

"그레이나 마법사의 신체엔 당연히 위치 추적 장치가 삽입돼 있어요. 연구실에 괜히 다녀온 게 아니에요. 접근 권한 회피하는데는 좀 애를 먹었지만."

"다시 한 번 하는 말인데, 멍청이가 아니고서야 그 정도는 미리 없앴겠죠."

"그대로 있는 걸 보니 정말 멍청이거나 우리가 오길 기다리고 있거나, 둘 중 하나인 것 같아요."

두 사람은 차에서 내렸다. 페이는 조수석에서 무언가를 꺼내더니 세나에게 건네줬다.

"로브. 입어요."

오렌지맨이 입고 있던 로브였다. 세나가 로브를 받아 들고 처음부터 제것이었다는 것 마냥 걸쳐 입었다.

"마법사 시체가 입고 있던 로브예요. 행정기구가 마법사의 몸을 회수하기 전에 유실됐었는데, 오렌지맨이 암시장에서 구입했거나, 교주가 사서 오렌지맨에게 줬겠죠. 행정기구와 라이트홀드 모두 이런 천 조각에는 관심이 없어서 방어 기능이 있는지는 몰랐어요. 다들 신체에만 집중했었으니까. 그래서 카터가 우릴 쫓아낼 때 만약을 위해 적당한 곳에 숨겨 놨었어요."

"근데 그걸 왜 나한테 줘요?"

"당신이 다치면 곤란하니까."

세나는 잠시 페이를 바라본 후에 그라운드제로 타워를 보며 말했다.

"난 주하를 구하고 싶을 뿐이에요. 그러기 위해선 당신이 필요하고. 마법사나 용 따위엔 관심 없어요."

"알아요. 저도 제 목적에 충실할 뿐이니까."

페이는 부끄러운 듯 어울리지 않게 코를 한 번 비비고는 말을 이었다.

"카터를 제압하고 마법사의 부활을 막아야죠. 그러기 위해서 당신이 필요할 뿐이고."

두 사람은 그라운드제로 타워의 입구를 향해 걷기 시작했다. 입구는 컴컴했지만 무방비하게 열려 있었다. 그 앞을 지키는 사람도 없었다.

"뭔가 이상해요."

세나가 말했다. 페이는 침묵으로 동조했다. 권총을 꺼내든 페이의 움직임은 느리고 조심스러웠다. 세나에겐 그럴 여유가 없었다.

"일단 들어가죠."

세나가 앞장서서 입구를 통과했다. 페이가 뒤따라 들어갔다. 어둠에 눈이 적응하자 넓은 로비층이 보였다. 벽면에는 도시가 증발하기 전 모습, 한때 종로구라고 불렸던 지역의 옛 사진이 걸려있었다. 하지만 사진 속 풍경은 어둠에 묻혀 옛 기억처럼 흐릿했다.

늦었군, 페이 위.

그림자 속에서 흘러나온 말이었지만, 누구인지는 금방 알 수 있었다.

"그레이."

세나와 페이는 지하에서 시작해 윗층으로 향하는 거대한 나선 복도 아래의 그림자로 갔다. 두 사람 앞에 모습을 드러낸 그레이는 세나가 처음 봤을 때와 전혀 달랐다. 회색 털은 지저분한 오염물과 피로 물들어 있었고, 한쪽 날개는 찢어져 떨어지기 직전이었다. 다리는 이미 차갑게 굳어 썩어 가고 있었다.

자네한테 이런 모습을 보이다니, 낭패가 따로 없군. 먹을 수 있을 때 먹어 버려야 했어.

"카터 짓이군."

제임스 카터. 그자는 자기가 마법사가 되려고 해. 자기 부하들을 마법사의 종으로 만들어서 세상을 지배하고 파괴할 거야.

마법사에게 너희들의 무기는 결코 통하지 않아. 의미 있는 저항도 못하겠지. 나도 완전히 성장만 했다면, 하찮은 무기들에 당하지 않았을 텐데.

그레이가 기침을 하며 피를 토했다.

"주하, 주하는 어디 있어?"

여자.

"그렇게 부르지 마, 망할 회색 병아리. 난 세나라고."

그레이는 충혈된 눈으로 세나를 잠시 바라보다가 말을 이었다.

세나. 당신이 찾고 있는 자는 제임스 카터가 데리고 있다. 이 건물 위에. 그리고 제임스 카터도 당신을 기다리고 있어. 마법사를 부활시킬 준비를 하고. 당신도 그 일부지.

"가죠."

세나가 나선 복도를 향해 걸어갔다.

페이 위. 저 여자를, 세나를 정말 데려갈 생각인가? 차라리 여기서 죽여 버리는 게 안전할 텐데. 이대로는 제임스 카터에게 재료만 가져다주는 꼴이야.

도무지 좋아할 수 없는 병아리다. 세나는 멈추지 않고 걸었다. 페이는 그레이의 상처를 한 번 더 살펴보고는 말했다.

"너랑 같은 취급은 하지 말아 줘."

널 나와 비교하다니, 거만하군.

페이는 조금씩 넓어지는 그레이의 피웅덩이를 피해 뒷걸음치며 말했다.

"넌 어떻게 되지?"

동정은 필요 없어. 정 곤란하면 다시 알로 돌아가면 되니까. 아니면 널 먹거나. 그럼 회복이 빨라지겠지.

"다음엔 좀 더 좋은 곳에서 부화시켜 줄게."

꺼져라, 페이 위.

페이는 세나의 뒤를 따랐다.

◆

세나는 복도의 정면만 응시했다. 양옆에 장식된 희생자들의 사진과 기억은 거들떠보지도 않았다. 옥상으로 가는 마지막 나선 한 바퀴를 남겼을 때, 세나가 손을 뻗어 벽 한 곳을 만졌다. 하지만 이번에도 시선을 주지는 않았다. 그저 손가락 끝을 천천히 스치며 지나갈 뿐이었다.

세나가 지나간 뒤 페이는 그 벽을 확인했다.

서준하(1994~2008)

이름 아래에는 어린 남자 중학생의 사진이 붙어 있었다. 사진 아래에는 서준하가 마지막으로 보낸 문자 메시지가 유언처럼 적혀 있었다.

널 지킬 수 있어서 좋았어. 지키게 해 줘서 고마워.

◆

옥상 문을 열자 넓은 공터가 드러났다. 헬리콥터 착륙장이었다. 옥상 조명이 착륙장을 대낮처럼 눈부시게 비추고 있었고 그 가운데에 카터 대령이 기다란 검은색 막대기를 들고 서 있었다. 그의 오른쪽 눈이 빛나고 있었다. 마법사의 각막을 넣은 게 분명했다.

준하는 그의 발치에 누워 있었다. 숨은 쉬고 있었지만, 의식은 없었다. 세나는 대령이 약을 먹인 거라 생각했다.

"고마워, 페이! 재료를 가지고 와 줘서. 아가씨, 처음 봤을 때 중요한 분인 걸 못 알아봐서 미안해."

카터가 웃으며 크게 말했다. 페이가 권총을 뽑고 탄창을 갈면서 카터에게 다가갔다.

"카터, 마법사가 돼서 세상을 지배하겠다니, 그런 멍청한 망상을 정말 하고 있는 건 아니겠지?"

페이의 말에 카터는 옅은 미소를 띠며 말했다.

"남자가 되었으면 커다란 포부는 있어야지. 네가 나보다 더 잘 알잖아. 잡종 천민이 여기까지 오는데 그 정도 포부는 있었겠지. 새로운 세계가 시작되고 그 세계의 신이 될 수 있다는데, 어떻게 유혹을 거절하겠나. 기왕이면 순혈 귀족이 신권을 이어받는 게 좋지 않겠어?"

카터도 페이를 향해 다가왔다. 페이는 총구를 카터에게 겨누고 방아쇠를 당겼다. 총성이 울렸다. 하지만 총알은 카터 앞에서 멈췄다. 대신 카터의 막대기가 푸르스름하게 빛이 났다. 빛이 사라지자, 총알이 바닥으로 떨어졌다.

"소용없다는 거 잘 알면서."

카터가 막대기를 페이를 향해 휘둘렀다. 막대기 끝에서 번개 같은 빛이 뻗어 나오더니 페이의 복부를 찔렀다. 충격을 받은 페이는 공중에서 몇 바퀴 돌더니 벽에 부딪혀 떨어졌다. 쓰러진 페이의 전신에서 옅은 연기가 피어올랐다. 카터는 막대기를 한 번 더 휘둘러 페이의 총을 난간 바깥으로 버렸다. 그래도 군인이니 총은 경계하는 듯했다.

"페이!"

세나는 페이에게 달려가 목의 맥박을 확인했다. 죽지는 않았다.

"세나라고 했지? 내가 너에게 세상의 천이(遷移)를 목격할 기회를 주지. 이리 와."

카터가 막대기로 세나를 한 번 가리켰다가 안쪽으로 당기자, 세나의 몸이 막대기 끝을 따라 카터를 향해 끌려갔다. 막대기의 힘은 발버둥치는 세나를 주하의 옆까지 끌어당길 정도로 강력했다. 세나는 곧바로 주하의 몸을 안으며 말했다.

"당신이 마법사가 되든 마녀가 되든 난 상관 안 할 거니까 우릴 보내 줘. 마법사의 생식기 갈아먹은 사람이 어디 세상에 한둘이냐고! 뭘 기대한 건진 모르겠지만, 나도 오염되지 않은 여자 같은 거 아니라고! 동거인까지 있는 사람한테 뭘 기대하는 거야!"

카터는 잠시 의아한 표정을 짓다가 고개를 저으며 말했다.

"넌 아무것도 모르는군."

"뭘?"

"오염되지 않았다는 건 처녀성이 아니야. 도대체 어느

시대 얘길 하는 건지 모르겠군. 젊은 사람 치고는 너무 고리타분해."

카터의 거만한 시선에 세나는 굴욕감을 느꼈다. 고리타분한 얘기라는 건 처음부터 알고 있었다.

"넌 15년 전에 바로 그곳에 있었지? 거기서 살아남았고, 몸이 변했을 거야. 마법사가 널 후계자 후보로 선택했었다는 거지. 아마 생식 능력을 잃었을 거야. 너의 생명력이 낭비되지 않도록. 인간의 생식 따위 다 낭비지, 안 그래? 난 그렇게 생각해. 그때의 몸이 다른 마법으로 오염되지 않은 상태면 돼. 지금의 너처럼. 내 오른쪽 눈이 넌 아주 깨끗하다고 알려 주고 있어."

"나도, 나도 마법을…."

세나는 왼쪽 눈을 덮은 붕대를 만졌다.

"지금은 아니지. 내가 그레이를 제압한다고 바빠서 교주한테 시켰는데, 일을 잘한 거 같아. 아주 예쁘게 파낸 거 같군."

이 개새끼. 세나는 속으로 욕을 퍼부었다.

"그래서 뭘 어떻게 할 건데? 제단 위에 올려놓고 춤이라도 추려고?"

"재밌는 아가씨야. 하지만 수업은 다 끝났어."

카터는 등에 매고 있던 가방에서 시커먼 물체를 하나 꺼냈다. 마법사의 머리였다. 머리카락은 잘려 나가서 거의 없고, 얼굴은 가죽이 벗겨져 뼈와 말라붙은 근육이 드러났다. 턱뼈도 없었다.

카터는 마법사의 머리를 막대기 끝에 꽂았다. 그러자 막대기가 나선 모양으로 비틀어지더니 마법사의 머리와 연결되었다. 마치 처음부터 하나의 물질로 만들어진 것처럼. 반대쪽 끝은 뾰족하게 변했다. 이제 그냥 막대기가 아니라 창이었다.

카터가 오른손을 내밀고 움직이자 세나와 주하의 몸이 공중으로 떠올랐다. 세나는 카터가 오른손에 끼고 있는 장갑이 눈에 익었다. 크리스마스날 아침, 카페에서 본 남자가 쓰고 있던 것이었다. 카터는 주하의 몸 뒤로 세나의 몸을 밀착시켰다. 그리고 벽에 단단히 고정시켰다.

"창 던지기도 참 오랜만이야."

세나는 무슨 일이 일어날지 상상이 가기 시작했다. 이제 곧 저 머리 달린 기분 나쁜 꼬챙이가 자신과 주하의 몸을 꿰뚫고 들어올 것이다. 세나는 눈을 감았다. 감각이 무뎌지고 주변이 조용해지는 것 같았다.

공기를 가르는 소리와 함께 창이 날아왔다. 아무런 감

각도 느껴지지 않자, 세나는 살며시 눈을 떴다. 창은 주하의 몸 앞에서 멈춘 채, 공중에 떠 있었다.

"조건이… 안 맞아?"

카터는 당황한 눈빛이었다. 카터의 뒤에서 목소리가 들렸다.

"네 목을 잡아라, 카터."

카터가 자기 손으로 목을 잡았다. 목소리 주인은 페이였다. 여전히 연기가 피어나는 몸으로 비틀거리며 일어나는 페이의 목에는 엄지손가락 목걸이가 걸려 있었다.

"대체 네가 어떻게… 조금 전까지만 해도 아무것도 안 보였는데."

카터의 오른쪽 눈 주변의 근육이 경련을 일으켰다. 페이는 재킷 앞단추를 풀어 내부를 보여 줬다. 아무것도 보이지 않았다. 완벽한 검은색이었다.

"그럴 리 없어! 회수한 용의 알 껍질 양은 부족하지 않았는데!"

"용의 알 껍질은 귀한 물건이잖아. 그레이가 어릴 때, 죽기 직전까지 괴롭혀서 알로 환원할 때마다 여유분을 만들어 놨지. 방어 기능도 있기는 한데, 아깐 아프더라고. 진짜 잠깐 기절했었어. 위험했지."

어린 그레이를 죽기 직전까지 괴롭혔더니, 그래서 그
레이가 행정기구와 페이를 싫어했던 걸까. 세나는 페이
와 그레이의 묘한 관계를 떠올렸다. 하지만 곧 그럴 때가
아니란 걸 깨닫고는 소리쳤다.

"페이, 저 새끼 좀 어떻게 해 봐요!"

페이는 미동도 하지 않았다.

"페이!"

대신 카터가 말했다.

"속은 거야, 똑똑한 아가씨. 페이, 그래도 모른 척해 주
려고 했는데… 이렇게 되면 사실 모든 게 너의…."

"손에 잡은 걸 부러뜨려, 카터."

페이의 말이 끝나기 무섭게, 카터는 스스로 자기 목을
비틀어 꺾었다. 조금 전까지 누구보다 힘차고 위풍당당
했던 몸이 힘없이 바닥에 쓰러졌다. 세나와 주하의 몸을
속박하던 힘도 사라졌다.

"페이, 이게 도대체…."

"남자가 되었으면 새로운 세계의 신이 되겠다는 포부
정도는 있어야지."

페이는 카터의 손에서 장갑을 벗기고는 자기 손에 꼈
다. 그의 얼굴에 지금까지 본 적 없는 뜨거운 미소가 떠

올랐다. 페이가 손을 뻗자, 보이지 않는 힘이 세나의 목을 거칠게 속박했다.

"보험을 들어 놓지 않았으면 큰일날 뻔했어."

페이는 공중에 떠 있던 창을 잡아 세웠다.

"카터는 각막을 빼냈으니, 당신 몸이 마법에 오염되지 않았다고 생각했겠지만 사실…."

페이가 주머니에서 이상하게 생긴 금속 도구를 꺼냈다.

"첫날 당신한테 보낸 서류, 잘 폐기했지? 그때 발생한 가루가 사실 마법사의 피부를 갈아서 만든 거였어. 그러니까 지금 당신 콧구멍 속이 마법에 오염돼 있다는 거야. 그래서 창이, 다행히도, 당신과 주하의 몸을 뚫지 않은 거고. 조건이 안 맞으니까. 수동적인 보호 능력밖에 없어서 카터의 오른쪽 눈으로도 몰랐을 거야."

페이가 금속 도구를 세나의 코에 고정시켰다. 차가운 금속 막대 두 개가 세나의 콧구멍 속으로 들어왔다.

"조금 아플 거야."

금속 톱니바퀴가 돌아가는 소리가 들린 뒤, 코에 송곳을 박아넣는 것 같은 강렬한 통증이 세나를 덮쳤다. 세나는 비명을 질렀다. 페이가 도구를 코에서 제거하자, 코피가 폭포처럼 쏟아졌다. 피가 목으로도 넘어가 숨을 쉬기 힘들 정도였다.

"이제 다시 깨끗해졌네. 기분 어때? 상쾌하지?"

세나는 피를 삼키느라 쿨럭거리면서 물었다.

"도대체, 왜, 어떻게 된 거야?"

"카터가 말했잖아. 원래 내 계획이었다고. 아, 물론 삼성역 테러는 아니야. 그건 카터 그놈이 계획을 가로채기 위해 벌인 짓이고. 나보다 먼저 마법사의 머리와 막대기를 차지하려고. 박영도 깔끔하게 처리할 생각이었는데, 덕분에 언데드까지 구경했지. 하여간 사이비 교주나 오렌지 새끼는 내가 준 것보다 돈을 더 준다니 바로 배신을 때려 버리고. 이래서 예수쟁이들은 믿을 게 못 돼. 사이비든 아니든. 많이 아파? 안색이 안 좋네."

세나는 눈물로 범벅이 된 오른쪽 눈으로 페이를 바라봤다.

"너무 아파. 그런데… 그런데, 네가 더 아파 보여."

세나는 페이의 허벅지를 주먹으로 힘껏 내리쳤다. 그리고 주먹에 쥐고 있던 모르핀 주사기 네 개를 힘껏 쥐어짰다. 마지막엔 악의 가득한 눈빛을 보내며 주먹을 비틀어 주사기 바늘을 부러뜨렸다.

"이런 미친 년!"

페이가 물러났다. 세나의 목을 쥐고 있던 힘도 사라졌다.

"어때? 제 정신이 좀 돌아와?"

세나가 눈물 섞인 코피를 닦으며 말했다.

"너… 곱게 다뤄 주려고 했더니…."

"날 곱게 다루는 건 주하로 충분해."

페이가 비틀거렸다. 세나는 로브를 벗어 페이의 얼굴 위로 던졌다. 로브를 뒤집어쓴 페이는 방향 감각을 잃고 허우적거리더니 발이 꼬여 바닥에 쓰러졌다.

세나는 지체 없이 창을 뺏어 들었다. 엄지손가락 목걸이도 잊지 않고 뺏었다. 장갑도 뺏으려고 할 때, 페이가 로브를 집어 던지고 세나의 손목을 잡았다. 페이가 반대편 손으로 목걸이 줄을 거세게 잡아당기자 목걸이는 두 사람의 힘을 견디지 못하고 끊어졌고, 엄지손가락은 그대로 옥상 바깥으로 날아갔다.

"그래, 이제 유치한 말장난은 그만하자."

세나는 그렇게 말하며 페이를 향해 창을 찔러 넣었지만, 페이에게 닿지는 않았다. 아차, 조건이 어쩌고저쩌고 했었지. 세나가 실수를 인정하는 사이, 다시 한 번 보이지 않는 힘이 세나의 목을 붙잡았다. 이번엔 숨이 막힐 정도였다.

페이는 천천히 일어나며 세나를 뒤로 밀었다. 창을 잡
아당기는 힘이 느껴지자, 세나는 손에서 창을 놓지 않기
위해 안간힘을 썼다. 하지만 손목이 돌아가며 관절이 빠
지는 소리가 들릴 때는 창을 놓을 수밖에 없었다.

창은 페이의 손으로 날아갔다. 페이는 창을 잡더니 뾰
족한 끝을 세나를 향해 휘둘렀다. 조금 전, 페이의 몸을
때렸던 것과 같은 번개가 세나의 몸을 강타했다. 세나의
몸은 완전히 구부러지며 벽을 향해 날아갔다.

세나는 가슴 아래가 뜨거운 피로 젖어가는 걸 느꼈다.
페이는 딱 죽지 않을 정도로만 공격한 것이었다. 페이가
세나의 배를 걷어찼지만, 세나는 신음도 내기 힘들었다.

"내가 둘을 같이 보내 주려고 했는데 말이야, 그래도…
그래도… 한….."

눈빛이 몽롱해지자 페이는 주먹을 쥐더니 자기 얼굴을
세게 때렸다. 피가 튀는 것이 보일 정도였다. 주먹을 내
리자 한층 맑아진 페이의 눈이 드러났다.

"그래도 한 쌍이니까. 근데 이젠 아니야. 똑똑히 봐. 네
애완동물을 먼저 꼬챙이에 꽂아 줄게."

페이는 몸을 돌려 주하에게 걸어갔다. 세나는 고개를
들어 주하를 봤다. 주하는 제대로 움직이지는 못했지만,

의식이 돌아와 있었다. 주하는 가늘게 뜬 눈을 천천히 껌뻑거리며 입을 열었다.

"누… 세나…."

"그게 유언이라면, 기억은 해 주지."

페이가 창을 두 손으로 잡고 뒤로 당겼다. 그리고 주하를 향해 찔러 넣으려고 할 때, 주하가 눈을 번쩍 뜨더니 몸을 틀었다. 주하는 바닥에 꽂힌 창을 앞으로 잡아당겼다. 당황한 페이가 자기 힘에 말려들어 바닥을 뒹굴었다. 페이의 오른손이 번개를 뿜으며 주하를 공격하려 했지만 주하가 먼저 창으로 페이의 손을 올려쳤다. 번개는 주하 대신 옥상 난간 한쪽을 날려 버렸다. 주하는 일어서서는 몸을 일으키려는 페이의 머리와 목, 다리를 창으로 여러 번 후려쳤다. 조건이 맞지 않이 찌를 수는 없지면 팰수는 있다니, 세나는 이 점을 미처 생각하지 못한 자신이 바보처럼 느껴졌다. 하지만 곧 주하가 깨어났다는 사실에 안도했다.

주하는 페이가 의식을 잃을 때까지 두드려 팬 다음 운동화 끈으로 페이의 손과 발을 묶었다. 페이의 몸을 뒤져 마법사의 신체나 도구로 보이는 물건들도 전부 빼앗아 난간 바깥으로 던졌다.

페이가 더 이상 움직이지 않는다는 걸 다시 한 번 확인한 주하는 세나에게 다가와 옆에 창을 내려놓고 세나의 안색을 살폈다.

"의식이 없는 척하다니, 망할 놈아."

세나가 거친 숨을 뱉으며 말했다.

"말하지 마."

주하가 세나의 상처를 확인하며 말했다. 새빨갛게 물들어 옅은 김이 모락모락 오르는 셔츠를 올리니 배가 찢어져 있었다. 상처가 깊지는 않았지만 양 옆구리를 이을 만큼 컸다. 내장이 빠져나오지 않은 게 다행일 지경이었다.

"고마워."

세나가 말했다.

"뭘?"

"…구해 줘서."

주하는 자기 옷을 찢어 세나의 배를 묶으면서도 입으로는 잠시 머뭇거리다 말했다.

"내가 날 구했을 뿐이야. 그리고 세나를 구하는 건 지금부터고. 아직 고마워하기는 일러. 고맙단 말 꼭 제대로 듣고 싶으니까 정신 똑바로 차려."

"첫사랑 대체제라고 불러서 미안해."

"언제 얘기를 하는 거야. 서로 손도 안 잡았을 때잖아. 그걸 왜 아직도 기억하고 있어? 난 세나의 법적 동거인 이라고. 유치한 첫사랑 따위 들이밀지 마."

"개새끼. 나 화나게 하려는 거지?"

"입 좀 다물게 하려는 거야."

주하가 세나의 허리를 감싼 옷가지를 세게 잡아당겼다. 세나는 처절하지만 불안은 없는 신음을 뱉었다. 주하는 세나의 이마를 한 번 어루만져 주고는 옆구리 쪽으로 매듭을 묶었다.

주하는 세나의 팔을 어깨에 감고 천천히 몸을 일으켰다. 그러다가 갑자기 뒤로 자빠졌고 세나의 몸은 힘없이 바닥에 떨어졌다.

"망할 놈들! 날 아주 놀려먹고 있어!"

얼굴이 피투성이가 된 페이가 뒤에서 주하의 목을 조르고 있었다. 페이의 손목에는 피부를 파고들어 시뻘겋게 물든 운동화 끈이 터진 내장처럼 흘러나와 흔들렸다. 주하는 빠져나오려고 몸을 이리저리 비틀어 봤지만 페이는 더 세게 목을 조여올 뿐이었다. 주하가 페이보다 키도 몸집도 더 컸지만 유리한 위치에 서 있는 훈련받은 요원을 떨쳐내기는 어려웠다. 이윽고 의식을 잃은 듯 주하의 몸이 축 늘어졌다. 페이는 주하를 바닥에 버리고는 주하의 다리를 붙잡았다. 그리고 무릎 관절을 걷어찼다. 무릎이 옆으로 꺾이면서 살이 찢어지고 부러진 뼈가 튀어나왔다. 주하가 비명을 질렀다. 세나도 소리를 질렀다.

"거기 얌전히 있어."

페이는 나란히 쓰러진 세나와 주하 사이에 놓인 창을 집어 들었다.

"페이, 그 책 해석, 모두 엉망이었잖아. 너도… 틀렸을지도…."

페이는 세나를 향해 고개를 한 번 돌릴 뿐, 아무 말도 하지 않았다. 말 많은 악당 역할은 이제 질렸다는 표정이었다. 그리고 주하를 향해 창을 찔러 넣으려 했다. 세나는 이를 악물고 전신에 힘을 줬다.

창과 주하 사이로 세나가 뛰어들었다. 창은 빠르게 뛰어든 세나의 가슴을 뚫었다. 세나의 속도를 이기지 못한 창은 옆으로 돌아갔고, 세나는 양손으로 창을 단단히 붙잡았다. 페이는 욕을 쏟으며 소리쳤다.

"같이 가고 싶다면야, 얼마든지!"

세나가 허락하지 않았다. 세나는 몸을 일으키고는 창을 자기 가슴으로 밀어넣으면서 페이에게 다가갔다. 그리고 페이가 당황한 틈을 타, 엄지손가락으로 그의 양눈을 찔렀다. 페이는 창을 손에서 놓쳤고, 소리를 지르며 뒤로 자빠졌다.

방향을 잃은 페이는 손을 공중으로 휘젓다가 쓰러졌다. 주변에 있는 물건을 아무거나 집어 들고는 세나가 있는 쪽을 향해 던졌다. 그중 일부는 세나를 향해 정확히 날아왔지만, 그때마다 창이 푸르스름하게 빛나며 세나를 보호했다.

페이는 몸을 다시 일으키더니 방향을 잘못 잡은 듯 조금씩 옥상 가장자리로 향했다. 그의 오른손이 한참 전에 옥상 난간을 파괴했다는 것도 모른 채 페이는 끊임없이 소리를 질렀다. 그의 발이 옥상 가장자리 바깥을 디딜 때도 공포에 서린 비명이 이어졌고, 그 비명은 곧 멀어지다가 사라졌다.

세나는 자기 가슴을 뚫고 나온 창을 붙잡았다. 금세 식어 버린 피와 살점인지 옷조각인지 구분이 가지 않는 무언가가 손바닥에 묻어났다. 세나는 창을 잡은 채 그대로 옆으로 쓰러졌다. 그러고는 남은 힘을 다해 몸의 방향을 돌렸다. 주하를 보기 위해.

주하는 세나를 향해 힘겹게 팔을 뻗었다.

"안 돼, 가지 마."

주하는 쉰 목소리로 힘없이 말했다.

세나는 몸을 더 움직일 수 없었다. 그저 오른쪽 눈으로 주하를 바라보며 입을 겨우 움직일 수 있을 뿐이었다. 목소리는 나오지 않았다. 그래도 세나는 주하가 자기 입술을 읽을 수 있기를 바라며 소리 없이 말했다.

'널 지킬 수 있어서 좋았어. 지키게 해 줘서 고마워.'

세나는 눈을 감았다.

◆

그라운드제로 타워 꼭대기로 눈부시게 빛이 내려앉았다. 착륙장 조명마저 초라하게 보일 만큼 밝았다. 멀리서 보던 사람들에겐 크리스마스트리의 마지막 장식이 내려오는 것처럼 보였다.

세나는 몸에 힘이 돌아오는 것을 느꼈다. 미약했지만, 분명히 돌아오고 있었다. 고개를 들고 눈을 뜨니 주변이 눈부시게 밝았다. 세나는 가장 먼저 주하를 확인했다. 주하가 손가락으로 세나의 건너편을 가리켰다. 세나는 고개를 돌렸다.

빛나는 사람의 형체가 거기에 있었다. 그것도 공중에. 빛의 형체는 천천히 옥상으로 내려오며 세나를 향해 다가왔다. 세나는 알 수 없는 두려움에 몸을 밀며 뒤로 물러났다.

두려워하지 말거라. 나는 놀라파시니의 마지막 수호자, 시드 애트릭시.

빛의 형체가 말을 했다. 분명 모르는 언어였지만, 알아들을 수 있었다.

나의 소중한 아이야, 이제 일어나렴. 그리고 나를 보려무나.

세나는 팔을 딛고 몸을 일으켰다. 눈이 빛에 적응되면서 세나는 목소리의 주인을 더욱 또렷하게 볼 수 있었다.

눈앞에 있는 것은 낯선 여자였다. 그리고 마법사였다.

세나는 마법사의 몸이 발산하는 아름다움에 넋을 잃을 지경이었다. 하나의 눈으로밖에 보지 못하는 것이 너무나도 안타까울 정도였다. 마법사가 한 발짝씩 다가올 때마다 그 경이로움에 심장이 뛰었다.

마법사가 세나의 앞에 섰다. 그리고 손바닥을 펼쳤다.

수많은 정보가 세나에게 흘러들었다.

그레이의 말은 거짓이었다. 놀라파시니는 용과 마법사

없이 많은 종족이 평화롭게 지내는 곳이었다. 거기서 오랫동안 잠들어 있던 용이 나타났고, 종족은 분열되었으며 전쟁이 이어졌다. 인간은 결국 전설 속 마법사를 탄생시켰고, 마법사는 세상을 위해 용과 싸웠다.

용은 강력했고, 마법사는 패배를 직감할 때마다 후계자에게 모든 능력을 전수했다. 하지만 후계자마저 사라졌을 때, 놀라파시니의 마지막 마법사 시드 애트릭시는 최후의 방법을 쓰기로 했다. 공간의 벽을 찢어 두 세상이 만났을 때 발생되는 에너지로 용을 제압하기로.

하지만 찢어진 공간이 쏟아낸 힘은 마법사의 예상을 뛰어넘었다. 시드 애트릭시는 놀라파시니의 피해를 줄이기 위해 불타오르는 몸을 이끌고 용과 함께 알 수 없는 세상으로 떨어졌다. 양쪽 세계에 많은 피해가 있을 게 분명했지만, 그것이 놀라파시니의 평화를 위한 대가였다.

마법사가 손바닥을 거두자 다시 현실로 돌아왔다. 마법사는 세나의 가슴에 박힌 창끝의 머리를 어루만졌다. 마법사의 몸이 형태를 잃고 다시 빛으로 돌아갔다. 빛은 세나의 주변을 맴돌더니 창으로 흘러들어갔다. 창이 빛나기 시작하면서 세나의 몸을 감쌌고, 그 안으로 녹아들었다.

세나는 자신의 의식 구조가 지금까지와는 전혀 다르게 변해 가는 것을 느꼈다. 지금까지 몰랐던 수많은 것들이 태어날 때부터 알고 있던 것처럼 다가왔다. 놀라파시니의 풍경도, 오랫동안 이어진 마법사와 용의 싸움도. 그리고 마법 그 자체에 대해서도.

세나의 인격은 과거를 품으면서도 세나라는 인물을 초월해 완전히 새롭게 구성되었다. 하지만 여전히 유세나였다.

◆

그레이는 힘겹게 그라운드제로 타워 입구를 빠져나왔다. 그레이의 시선이 고정된 곳은 차갑게 식은 페이의 시체였다. 그레이는 긴 혓바닥으로 페이의 몸을 입 안으로 당겼다. 그리고 삼켰다. 힘이 조금 솟았다.

하지만 무언가 부족했다. 주변에 마법사의 신체 일부가 떨어져 있는 걸 본 그레이의 얼굴에 차가운 화색이 돌았다. 그것들을 삼키자 그레이의 몸에 있던 상처가 낫고, 회색 털이 빠졌다. 금빛 피부가 드러나면서 주변이 밝아졌다. 살아 있는 마법사를 통째로 먹어 버렸다면 자신이 얼마나 강력해질 수 있을지, 그레이는 상상했다.

그레이는 새로운 마법사의 탄생을 느낄 수 있었다. 인간들이 조건을 잘못 알고 있는 것에 대해선 일부러 입을 다물었다. 무엇보다 마법사가 되려는 자들은 모두 남자였는데, 그들이 가지고 있던 그 책은 처음부터 그 여자를 보호하기 위해 쓰여진 게 분명했다. 가까이 두되, 경쟁자로 보이지 않도록. 그레이는 그들의 어리석음 자체가 함정이었다는 걸 몰랐던 자신을 탓할 수밖에 없었다.

그 여자를 더 조심했어야 했다. 그레이는 세나의 냄새를 떠올렸다. 확실히 피 냄새가 옅었다.

어쨌거나 지금의 그레이는 마법사의 상대가 되지 못한다. 몸을 더 성장시켜야 했다. 다행히 영양가 넘치는 먹이는 주변에 넘쳤다. 비록 대부분이 좁은 콘크리트 사이에 숨어 있지만, 조금 번거롭다는 걸 제외하면 큰 문제도 아니었다.

먼저 카터의 부하들을 제압해 자기를 따르게 만들어야 했다. 마법사를 쓰러뜨리기 위해서는 이들을 좀 더 강력하고 새로운 종족으로 키워 나가야 했다. 그리고 멀지 않은 곳에서 죽음을 바라보는 영혼의 냄새가 잔뜩 풍겼다.

이들을 언데드로 만든다면 시간을 더 벌 수 있을 것이다.

그레이는 빛나는 날개를 펼쳤다. 그리고 도심을 향해 날아올랐다.

이 세계의 첫 번째 마법사가 몸을 일으켰다.

머리에 감겨 있던 붕대를 풀자 왼쪽 눈의 안대가 떨어지면서 빨간색 눈동자가 나타났다. 얼굴과 몸을 물들이던 피는 사라졌다. 마법사는 주하에게 다가갔다. 허리를 숙여 주하의 부러진 무릎에 손을 얹자 찢어진 살과 흘러내린 피가 다시 뭉치더니 상처가 완전히 사라졌다.

"그래도 당분간은 좀 아플 거야."

마법사가 말했다. 주하는 당황한 표정으로 마법사를 올려다봤다.

붉은 눈동자와 주변을 둘러싼 빛을 제외하면, 세나의 모습 그대로였다. 마법사는 무릎을 접고 앉았다. 그리고 주하를 품에 안았다.

"미안해, 주하야. 난 여전히 유세나지만, 난 널 기억하지만, 널 곁에 두고 싶지만, 그리고 여전히 널 사랑하지만, 주하의 기억 속에 있는 세나는 지금 아주 깊은 곳에 잠들어 있어."

주하는 뜨거운 액체가 자기 얼굴에 떨어지는 걸 느꼈다. 마법사의 눈물이었다.

"이 세계는 곧 혼란에 휩싸일 거야. 많은 사람이 희생되겠지. 하지만, 내가 너를 조금이라도 더 기억하고 있을 때, 너를 다시 한 번 지켜 주고 싶어."

마법사가 일어서서 손을 뻗자 검고 긴 창이 나타났다.

"하지만 단지 그 목적만으로는 그럴 수 없어. 넌 더 안전한 곳에서 네가 할 수 있는 일을 해야 해."

마법사가 창끝을 주하의 머리에 올렸다. 그 순간, 주하는 모든 걸 이해할 수 있을 것 같았다. 쓰러져 있는 동안 카터와 페이, 세나가 한 대화가 모두 떠올랐다. 더 앞으로 거슬러 올라가 세나가 보고 들은 것까지 주하의 머릿속으로 들어갔다. 마법사가 되기 위해 음모를 꾸민 사람들, 마법사의 몸을 팔면서 서로를 속고 속인 사람들. 마지막으로 주하의 뇌리에 떠오른 것은 한 권의 책이었다. 진실과 거짓이 섞인 책.

"널 과거로 보낼게. 언제 어디로 갈지는 몰라. 하지만 이미 정해져 있어. 반드시 네가 의미 있는 존재가 될 수 있는 곳으로 갈 거야. 그곳에서 네가 해야 할 일을 해 줘."

마법사가 웃으며 덧붙였다.

"그리고 미래의 세나를 지켜 줘."

"세나는 내가 지켜 줄 필요가 없겠지만…."

주하의 말에 마법사가 잠시 눈을 감고 웃었다. 그리고 더 반짝이는 눈으로 주하를 바라봤다.

주하는 마법사의 눈을 바라보며 말했다.

"무슨 말인지는 알 것 같아. 당신도…."

마법사의 눈빛 속에서 무언가 익숙한 것을 느낀 주하는 잠시 말을 멈췄다가 다시 이었다.

"…세나를, 스스로를 지켜 줘."

"약속할게. 꼭 다시 만날 수 있을 거야."

마법사가 옆으로 손을 내밀자, 바닥에 널브러져 있던 로브가 날아와 마법사의 팔에 걸렸다. 마법사는 다시 한 번 무릎을 굽혀 앉아, 양손으로 로브를 펼쳐 주하에게 덮어 주었다. 정성 어린 몸짓이었다.

그리고 마법사는 양손으로 주하의 얼굴을 붙잡고는 키스를 했다. 결코 가벼운 키스가 아니었다. 마법사와 주하의 거친 숨이 두 얼굴 사이에서 섞였다.

마법사가 일어났을 때, 주하는 그곳에 없었다.

마법사는 도시의 불빛 위로 날아가는 용을 바라봤다. 너무 멀어서 당장 잡을 수는 없었다. 무엇보다 새로운 세상과 새로운 몸에 익숙해져야 했다. 마법사는 깊은 숨을 들이마셨다. 이 세상에 살고 있는 수많은 사람들의 숨결이 묻어났다. 그리고 땅 밑에서 죽어 가는 이들의 처절한 숨결도. 그들을 구해야 한다. 아마 그곳에서 용과의 첫 번째 싸움이 벌어질 것이다.

안타까움의 눈물이 마법사의 눈을 적셨다. 놀라파시니를 지키려고 했지만, 결국 새로운 세상으로 재앙을 몰고 온 것일 뿐이었다. 마법사 유세나는 눈물이 마르기 전에 굳게 맹세했다.

이번에야말로, 용을 파멸시키겠다고.

이 세계의 처음이자 마지막 마법사가 되겠다고.

◆ 2108년 12월 25일 ◆

◆

다시 2108년.

여기까지가 인간 세나, 세상이 달라지는 순간을 목격한 사람의 이야기다. 세상 천이의 중심이 있던 사람. 이제 그 사람을 기억하는 이는 마법사 유세나, 나 하나밖에 없다. 그래서 나는 그를 다시 떠올린다.

용이 이곳을 발견한다. 이제 결전의 시간이다. 나는 말한다.

"아이들은?"

멀리서 내 목소리를 들은 인간이 마음속으로 답한다. 모두 안전합니다. 부모와 가족, 보호자와 함께 있습니다.

"무기를 준비해."

내 목소리를 기다리던 수만 명의 인간과 짐승이 어깨 위로 창과 칼, 때로는 나무 막대기를 들어 올린다. 나는 손을 뻗어 그들의 무기에 지금까지 해온 것보다 훨씬 강한 힘을 실어 준다. 이제 뒤로 물러날 수 없다.

나는 말한다.

"기계를 올려라!"

대기하고 있던 기계공들이 일사불란하게 수백 개의 크레인 장치를 움직인다. 사막에 어울리지 않는 거대한 금속 기둥 세 개가 모래를 뚫고 나오며 웅장한 모습을 드러낸다.

나는 저 기둥을 기억한다. 저 기둥의 반대편 끝에 붙어 있는 더 거대하고 복잡한 기계도. 바다 서쪽 땅의 입구, 자그마한 반도에 있던 레이저 시스템. 오랜 세월 찾아 헤맨, 용에게 대적할 수 있는 유일한 인간 시대의 무기.

나는 레이저 시스템의 모든 부품에 나의 거의 모든 힘을 실었다. 전기 따위는 필요하지 않다. 시스템의 역할은 내 힘을 내가 할 수 있는 것 이상으로 집적(集積)시켜 용을 일격에 쓰러뜨리는 것이다.

레이저 로드의 각도가 맞춰지자 나는 기계를 노란 모래로 둔갑시킨다. 용도 이 기계를 기억하고 있을 테니까. 둔갑 따위 금세 간파하겠지만 그 사이에 숨은 작은 찰나를 노려야 한다.

나는 허공에 창을 휘둘러 결계를 해제한다. 보이지 않는 벽이 사라진다. 지평선 너머에서 군대가 돌진해 온다. 나를 위해, 세상을 위해 싸우는 이들이 용의 군대와 대적한다. 나는 고개를 들어 용을 본다. 용은 날개로 하늘과 태양을 덮으며 새파란 불길을 내뿜는다. 나는 붉은 빛으로 불길을 막는다. 완전히 성장한 용의 불길은 나의 붉은 빛으로도 견디기가 쉽지 않다.

불길이 멈춘다. 용이 나를 노려본다. 나도 용을 바라본다. 용은 다시 한 번 불길을 뿜을 준비를 한다.

나는 내가 보낼 수 있는 모든 힘을 레이저 시스템에 보낸다.

용과 나는 동시에 마지막 일격의 준비를 마친다.

나는 찰나보다 짧은 결전의 순간을 유영한다. 과거와 미래를 떠올리며.

나는 이 세상의 첫 마법사 유세나이다.

그리고 용이 사라지고 나면, 나는 마지막 마법사가 될 것이다. 용이 없는 세상에선 마법사도 더 이상 필요 없으니까.

나는 인간 세나가 아직 내 안에 남아 있다는 걸 알고

있다. 나의 마지막 힘은 인간 세나를 먼 과거로 돌려보내기 위해 남겨 둘 것이다.

부디 인간 세나가 그곳에서, 그와 다시 만날 수 있기를 바란다.

[끝]

마지막 마법사

1판 1쇄 인쇄 2023년 11월 17일
1판 1쇄 발행 2023년 11월 30일

지은이 해도연

발행인 김지아
표지 및 본문 디자인 강수정

펴낸곳 구픽
출판등록 2015년 7월 1일 제2015-27호
주소 서울시 광진구 동일로 459, 1102호
전화 02-491-0121
팩스 02-6919-1351
이메일 guzma@naver.com
홈페이지 www.gufic.co.kr

ⓒ 해도연, 2023
ISBN 979-11-87886-90-7 03810